Huis
van de
Wind

Van dezelfde auteur verschenen eerder:

De Doler
Elfenkind

Remmelt
Mastebroek

Huis
van de
Wind

roman

NOVAPRES

Uitgeverij Novapres, Hoenderloo
Omslag: eReM
Omslagfoto: Lucas van Twillert, www.lucasfotografie.nl, Wim Geuchies
Foto achterzijde: Hans van den Brink en Wim Geuchies
Overige foto's: Wim Geuchies
Fotobewerking: eReM
Zetwerk: HAS, Ede
Druk: Hooiberg, Epe
ISBN: 978-90-6318-281-6

Voor Petra

Mio Dio, quanto amavo questa donna!

De wind waait waarheen hij wil.
Je hoort zijn geluid, maar weet niet
waar hij vandaan komt
en waarheen hij gaat.

Proloog

Gisteravond

Mijn werkkamer kijkt uit over de golvende velden. Op dit moment zijn die velden kaal en geel. Kortgeschoren door de landman die zijn oogst al heeft geborgen. Een enkel zonnebloemveld lijkt door hem vergeten te zijn. De gele bloemen bewegen traag in de warme najaarswind die opstak toen de zon achter de horizon verdween.
De uit natuursteen opgetrokken muren van het landhuis waar ik nu enkele jaren woon, geven langzaam de warmte terug die de hete zon deze dag afstond aan het huis.

Ik koester me in deze warmte en geniet van de vallende avondschemering.
Buiten klinkt het gezang van duizend krekels. Ze maken dat ik me loom voel. Tevreden ook.
Even klinkt in de verte het geblaf van een hond, terwijl vuurvliegjes hun acrobatische toeren verrichten in een donker wordende lucht.
Toscaanse stilte klinkt luid.

'Una bella giornata,' mompelde Anselmo vanmorgen terwijl hij twee flessen melk op de stoep zette.
'Het wordt inderdaad een heel mooie dag, Anselmo,' antwoordde ik hem.
En het was waar. Deze dag was heerlijk. Zoals ook gisteren heerlijk was en eergisteren.

Als ik opsta en achter mijn bureau wegloop om door het venster naar buiten te kijken, zie ik de laan met cipressen waartussen het zandpad loopt dat van dit huis naar Cortona leidt. Cortona, de oude stad waar eens dit verhaal begon.

Is het vreemd om te houden van iets dat niet tastbaar is?
Is het vreemd te houden van iets waarvan je de oorsprong niet kent? Te houden van iemand waarvan je niet weet waar hij vandaan komt? En vertel mij: is het vreemd om te houden van iemand die je niet kunt zien en alleen maar kunt voelen?
Het overkwam mij, zoals ook veel andere dingen mij overkwamen.

Ik hoorde haar zojuist. Ze riep me. Haar hoge stem ontroert me iedere keer opnieuw. Ik heb haar lief. Met elke vezel in mijn lijf houd ik van haar.
Mio Dio, quanto amavo questa donna!

Samen drinken we straks een glas rode wijn.
De wijn zal fonkelen in de glazen. En als ze het glas heft, zal ze mij aankijken. Het fonkelen van de wijn zal dan in het niet vallen bij het fonkelen van haar lachende ogen.

Buiten, op de veranda, heeft zij de stoelen om de gedekte tafel al klaargezet. De *torta al testa* rook vanmiddag al zo heerlijk toen deze nog in de oven stond. We zullen hem straks opeten, samen met een *antipasta* en een stuk pittige kaas.
Ik hoor haar opnieuw roepen.

Deel 1

Duisternis

Laura

Een smalle streep licht kwam door een kier onder de gesloten deur de kamer binnen.
Langs de randen van het zwarte papier dat voor het raam hing om de kamer te verduisteren, kwam ook wat licht naar binnen. De enkele zonnestraal die binnen wist te dringen, speelde met stofjes die dansten in de lucht.

Laura keek naar de stofjes en verwonderde zich erover dat ieder stofje vroeg of laat neerdaalde op de plankenvloer.
Geen enkel stofje bleef zweven.
Geen enkel stofje steeg op.

Alles raakte uiteindelijk de grond.
Al zo veel jaren lang.

Iedere dag verwonderde zij zich over de stofjes, zoals ze zich ook verwonderde over alle andere dingen die haar ogen waarnamen.

Voorzichtig ging ze in een andere houding liggen. Ze kreunde daarbij zacht. Haar rug was kromgegroeid en pijnlijk door het lange liggen in dezelfde houding. Ze kon nauwelijks nog lopen. Als ze opstond en enkele meters probeerde te lopen om wat te eten te pakken of wat te drinken uit de kruik, sleepte ze met haar linkervoet, en moest ze zich altijd aan een stoel of iets anders vastklemmen om haar evenwicht te bewaren en niet te vallen.

Even glimlachte zij. Haar pijn leek te verminderen.
Deze simpele constatering, even minder pijn te voelen, maakte dat ze moest glimlachen.
Een vreemd gegiechel kwam van haar lippen.

Ze zette een hand onder haar kin, waarbij ze haar elleboog diep in het versleten matras plantte waar ze op lag. Het matras stonk naar urine en ouderdom.
Laura wist dit niet. Het interesseerde haar ook niet.
Het matras en het stof, dat danste in het schamele licht, waren het enige wat ze bezat.

Van ver beneden klonk gestommel. Iemand ruimde de vaat op.
Er brak iets waarna gevloek klonk.
Laura hoorde het niet.
Ze hoorde niets.
Ze had haar hele leven nooit iets gehoord.
Maar dat wist ze niet. Zoals er zo veel was wat ze niet wist.

Ze keek naar de hoogte van de zonnestraal die langs de bovenste rand van het zwarte papier de kamer binnengleed. De straal raakte bijna de deurkruk van de deur die naar de trap leidde.

Als de streep licht nog iets hoger haar afdruk op de muur zou achterlaten, zou haar moeder eten brengen. De kruik water was ook leeg. Misschien zou moeder die ook willen vullen of omruilen voor een volle.
Vaak kreeg ze als het licht werd en de zon begon te schijnen een stuk brood. Als het donker werd en de laatste lichtstralen naar binnen zouden glippen, was er meestal pasta. Groene *spaghetti* met dunne groentesaus. Laura kende de namen van deze gerechten niet, wist niets van pasta of saus. Ze wist alleen wat ze proefde en wat ze lekker vond.

Ze probeerde zich te herinneren hoelang het geleden was dat ze dit heerlijke te eten kreeg, maar kon het zich niet meer voor de geest halen.

Tijd was iets dat ze niet kende.
Wat was tijd? Wat betekenen gisteren, vandaag of morgen? Er bestond geen tijd. Er was het licht van de dag en de duisternis van de nacht.
Laura zag haar moeder komen en ook weer verdwijnen. Ze wist niet waar zij naartoe ging. Er was geen samenhang tussen die twee momenten.
Laura's geest functioneerde in het heden.
Wat is verleden?
En wat is toekomst?

Misschien zou ze opnieuw dat heerlijke krijgen. Als de zon haar lichtstraal iets hoger op de muur zou zetten.
Haar ogen glansden toen ze eraan dacht, en het water liep haar in de mond bij de gedachte aan die heerlijke maaltijd die ze zich vaag herinnerde.

Opnieuw keek ze naar de lichtstreep die nu al iets boven de deurkruk door een zonnestraal was getrokken.
Haar hand, die nog altijd onder haar kin lag, was gevoelloos.
Opnieuw ging ze iets verliggen, en legde haar wang op de koele houten planken van de vloer.
Zachte trillingen die doordrongen, vertelden haar dat moeder de trap op liep.

Zo snel ze kon, trok ze zich op haar matras naar achteren terug.
Zo ver mogelijk bij de deur vandaan in de verste hoek van de zolderkamer.
Moeder bracht eten. Als ze in een heldere bui was, kwam ze

even bij Laura zitten. Ze streelde dan haar lange zwarte haar dat vol met klitten zat. Soms durfde Laura zelfs haar hand op moeders borst te leggen. Dan voelde ze de woorden die haar moeder sprak. Ze keek dan naar haar lippen en zag dat haar lippen bewogen in eenzelfde tempo als het trillen van moeders borst waarop haar hand lag.
Ook Laura opende dan haar mond. En net als haar moeder bewoog ze haar lippen en probeerde ze haar eigen borst te laten trillen.
Maar als haar eigen borst dan trilde, en haar lippen bewogen, keek haar moeder haar met afgrijzen aan. Snel stond ze op en duwde haar kind van zich af. De hand die dan nog op haar borst lag, gooide ze ruw opzij. Vaak begon ze dan tegen haar kind te schreeuwen.

Laura hoorde dit niet. Het enige wat ze zag, waren de ogen van moeder die vuur leken te spuwen. Soms ook kreeg ze een klap of erger als moeder helemaal door het dolle heen was, of als ze merkte dat de adem van moeder anders rook dan normaal.
Het verwarde Laura. Ze begreep niets van dit alles.

De deurkruk bewoog naar beneden en langzaam werd de deur geopend. Haar moeder kwam binnen en keek naar het kind dat zich in het verste hoekje van de kamer teruggetrokken had.
Laura's ogen keken schichtig omhoog, en ontmoetten de ogen van haar moeder waarin minachting en afgrijzen te lezen stond. Ze las nog meer in haar moeders ogen, maar begreep niet wat zij zag.

Ze ademde zwaar. Het kostte haar steeds meer moeite de twee trappen naar de zolder te beklimmen.
Laura rook een zure geur die uit de mond van haar moeder kwam toen zij Laura naderde.

Even opende moeder haar mond en spraken haar lippen enkele woorden die Laura niet kon horen.
De minachting die Laura echter in haar moeders ogen las, was voor haar voldoende om te weten dat ze niet gewenst was. Dat ze alleen zou blijven tot de volgende morgen als er een nieuwe dag zou aanbreken.

Haar moeder gooide een stuk brood op het matras. Een volle kruik water gooide ze ernaast.
Langzaam kolkte het water uit de kruik op het matras en doorweekte deze. Haar moeder pakte de lege kruik die naast het matras stond op, draaide zich om, en gooide de deur met een klap dicht.

Een vlaag wind trok kort door de kamer, en deed de stofjes dansen. Laura's lange krullende haar bewoog een kort moment. Als versteend zat ze daar om even later door het steeds vochtiger wordende matras te ontwaken uit haar dagdromen. Zo snel ze kon, kroop ze naar de kruik die langzaam leegliep.
Ze pakte de kruik op, zette deze aan haar mond en dronk gulzige slokken waarbij wat water over haar kin naar beneden liep om ten slotte donkere vlekken op haar jurk achter te laten.

Toen ze verzadigd was door het brood en het water, sleepte ze zich naar de andere kant van de kamer waar ze languit op de grond ging liggen.
Opnieuw bewonderde ze de stofjes die langzaam tot rust kwamen en naast haar neervielen.

Geen enkel stofje bleef zweven.
Geen enkel stofje steeg op.

Haar ogen werden zwaar.

Steeds zwaarder tot ze uiteindelijk dichtvielen.

De zon die even daarvoor nog met een late straal de kamer en het kind dat er woonde had willen verwarmen, verdween achter de heuvel.
Beneden werd een lichtschakelaar omgezet.
De streep licht die onder de deur naar binnen had geschenen, verdween.
De kamer was donker.

Toen bewogen de stofjes opnieuw.
De stofjes die nog dansten in de lucht en langzaam naar de vloer zweefden, leken vol blijdschap, en dansten steeds sneller. De stofjes die de vloer al beroerden, en uitrustten van hun lange reis, kregen nieuwe energie en dansten mee met het andere stof.

Een zachte bries gleed onder de kierende buitendeur door naar binnen, beroerde de kamer met zijn adem.
Het leek of hij iets zocht.

Hij zag haar liggen.
En toen hij vond waar zijn aandacht naar uitging, hield hij een moment zijn adem in.
Uit eerbied.
Uit respect.
Even bewoog hij haar haren.
Een zachte trilling trok nauwelijks waarneembaar langs Laura's wang.
Haar mondhoeken krulden omhoog.
Ze glimlachte in haar slaap.

Cortona

De straten waren verlaten.

Alleen het zachte zuchten van de hete *Libeccio,* de droge en warme zuidenwind, was soms hoorbaar. Hij blies dan zijn adem uit tegen de televisieantennes die op de daken van de kleine huizen stonden.

De smalle stegen van *Cortona,* het kleine kasteelstadje dat al zo veel eeuwen tegen een zeshonderd meter hoge heuvel leek te zijn aangeplakt, waren verlaten.

Alle mensen hielden *siësta,* hun middagrust. Het was te warm om te werken. Te warm zelfs om te bewegen. De duiven, die altijd op het dak van de hoge toren van de *San Benedetto* zaten, koerden niet. Ook zij hadden zich verstopt, de schaduw opgezocht.

Straks, tegen een uur of vier, vijf in de namiddag, zou de stad weer langzaam ontwaken. Dan zouden de mensen hun gereedschappen weer oppakken van de plaats waar zij deze een paar uur eerder hadden neergelegd.

Ook in de *Via Bacarelli* was het stil. De abrikooskleurige huizen met hun terracotta gekleurde dakpannen van halve schalen leken ook daar verlaten. Een lapjeskat lag lui in de schaduw van een half gesloten poortje voor zich uit te staren. Niets kon hem in beweging brengen. Een muis die over een putdeksel kroop, werd door hem met arrogante blik genegeerd.

De verveloze voordeur van nummer twee was maar half ge-

opend. Alsof de eigenaar van dit huis ieder verkoelend zuchtje wind de gelegenheid wilde geven binnen te komen.
Binnen in het huis was het stil.
Niets bewoog.
Ook hier leek iedereen te rusten. De vensterluiken aan de zonzijde van het huis waren gesloten. Aan de achterzijde stonden deze een beetje open.
Een mus kwam even onder het pannendak tevoorschijn, en keek nieuwsgierig naar beneden. Toen het niets zag wat zijn interesse wekte, trok het zich weer terug onder de pannen waar het zich beschermd wist.

Iets onder het pannendak van *Via Bacarelli* nummer twee was een soort uitbouwtje. Een zolderkamer die later aan de middeleeuwse woning moet zijn toegevoegd. Vóór deze wat vreemde uitbouw was een klein dakterras gesitueerd. Op de vloer van het terras, dat zo'n anderhalve meter lang en de breedte van het huis had, lagen door de zon gebleekte kiezels. In de hoek van het balkon stond een houten bank.

's Avonds, als de zon achter de horizon verdween om ergens anders haar licht te laten schijnen, moest het hier op het platte dak heerlijk toeven zijn.
Nu leek het bankje echter vergeten. Alleen een verfomfaaid kussen dat naast de bank op de grond lag, wees erop dat hier wel eens iemand kwam.
De deur van de vreemde uitbouw die toegang verleende tot het kleine dakterras was grijs gebleekt. Vele jaren regen, wind en zon hadden hun werk gedaan. Toch zag de gesloten deur er stevig uit.
Naast de deur was een venster van ongeveer een meter hoog en een meter breed. Het venster, dat een schitterend uitzicht bood op het lager gelegen stadje en de omgeving, was afgeplakt met

stevig zwart papier dat grijs verkleurd was door de langdurige inwerking van zonnestralen.

De roestige deurkruk werd omlaag bewogen. Langzaam, alsof degene die de kruk naar beneden drukte, bang was dat iemand dit zou zien, bang was opgemerkt te worden. Toen de deurkruk het diepste punt bereikte, bleef de deur echter gesloten. Twee sloten, één hoog en één laag op de deur bevestigd, zorgden ervoor dat niemand deze eenzame zolderkamer kon verlaten.
Toen werd de deurkruk losgelaten.

Een vreemd zacht kermen klonk door de deur. Bijna niet te horen voor de mensen die beneden woonden, en zeker niet te horen voor de mensen in het stadje.
Het zachte kermen ging over in klaaglijk gehuil waar tussendoor vreemde klanken klonken.
Vreemde woorden, huilend uitgesproken in een vreemde taal.
Nagels krasten over de binnenzijde van de deur. Alsof dat wat binnen opgesloten zat, radeloos was en er alles voor overhad de vrijheid te voelen.
Daarna klonk een zachte bons, alsof iemand op de grond ging zitten.
Toen werd het stil aan de andere zijde van de zolderdeur.
Alleen een diepe zucht was nog hoorbaar.
Een laatste snik vertelde dat datgene wat achter de deur verborgen was, begreep dat het niet kon ontsnappen.

Mimo en Matteo

Er hadden blijde kreten geklonken in de *Via Bacarelli.*
Op nummer twee was een meisje geboren.
Matteo en Mimo Piccardo waren nog maar een paar maanden getrouwd en nu al mochten ze een kindje krijgen.

De hele stad had er schande van gesproken. Ook de pastoor had afkeurend gekeken naar de dikke buik van Mimo toen zij en Matteo in de grote *San Benedetto* voor het altaar knielden.
Ze moesten trouwen. Iets waar in het rooms-katholieke Cortona, een kleine stad verstopt ergens op de grens van Umbrië en Toscane, in het zuiden van Italië, ook nu nog afkeurend over gesproken wordt.

Trots hield Matteo het kindje in zijn nog smoezelige armen.
Toen Mimo in de vroege ochtend haar eerste weeën kreeg en haar man nerveus wekte, had Matteo zich nog een keer omgedraaid. Niet veel later had hij weer liggen snurken zoals hij dat iedere nacht deed. 's Ochtends was hij gewoon naar zijn werk gegaan. Hij was monteur in de Alfa- en Fiatgarage van Beppe, zijn baas. De garage lag iets buiten de stadsmuren. Hij was langs de *Cattedrale* gefietst om even later door de *Porta Colonia* te rijden. Vijf minuten later arriveerde hij in de garage. Hij had zijn overall aangetrokken waarna hij de stenen kruik had gepakt om deze te vullen bij de kraan, buiten achter het gebouw. Dat deed hij iedere ochtend voor hij met zijn werk begon. Met een routineus gebaar legde hij daarna de kruik over zijn arm en

goot een dun straaltje koud water in zijn mond. Even later was hij naar de oude Ritmo gelopen die hij de avond ervoor met open motorkap had laten staan om hem te voorzien van een nieuw olie- en luchtfilter, en begon zijn dagelijkse werkzaamheden. Een uur later kwam Marco binnengerend. Zijn voorhoofd was klam van het zweet. Het was een warme dag. Meer dan vijfentwintig graden was het al op deze voorjaarsdag in april. Marco, het achtjarige zoontje van Vittorio Gogomi, de buurman die met zijn grote gezin op *Via Bacarelli* nummer drie woonde, hijgde nog na van het harde lopen.
'U moet komen, u moet meteen naar huis toe,' hijgde Marco. 'Uw vrouw krijgt nu snel een kind. De vroedvrouw heeft me gestuurd en zegt dat u meteen mee moet naar huis.'
Matteo vergat zijn handen en armen te wassen en sprong op zijn fiets. De weg naar huis was heuvelafwaarts en ging heel wat sneller dan deze morgen vroeg.

Vertederd keek hij even later naar het kleine mensje dat in zijn armen lag. Mimo, die nog in het brede ledikant lag, had zweetdruppels op haar neus en voorhoofd. De lakens van het bed waren smerig en vochtig. De bevalling van haar eerste kind was niet eenvoudig geweest. Mimo was geen grote vrouw.
Haar voorhoofd was bleek, terwijl er zich blosjes op haar wangen aftekenden. Haar lippen hadden dezelfde kleur als haar bleke voorhoofd. Haar ogen stonden vermoeid en zochten nerveus naar een goedkeurende blik in de ogen van haar man.

'Het is een meisje, Matteo,' fluisterde ze. 'Het is een meisje, en ik wil dat ze Laura heet. Laura, zoals mijn moeder ook heette.'
Wat angstig keek ze op naar haar man. Ze was bang dat hij haar voorstel zou afwijzen en dat hij hun kind een andere naam zou willen geven.
Matteo echter bleef zwijgend naar het kleine meisje dat in zijn

armen lag kijken en mompelde zacht voor zich heen: 'Laura, dus jij gaat Laura heten? Dat is een mooie naam voor een dochter van Matteo. Laura, Laura Piccardo. Dat klinkt prachtig. Jij zult een geweldig leven krijgen, Laura. Een leven zoals nog nooit een meisje in Cortona geleefd heeft. Ik zal je verwennen. Ik zal je alles geven wat je nodig hebt. Je zult in dit mooie huis wonen en ik zal een kamer voor je maken die mooier is dan de kamers van andere meisjes in deze stad.
Laura zul je heten. Laura Piccardo.'

Daarna gaf hij het in doeken gewikkelde kind aan de vroedvrouw die zwijgend naast het bed had gestaan. Hij griste zijn sigaretten van de kast en verliet luid zingend de slaapkamer om zijn vrienden op te zoeken en samen met hen naar de bar te gaan.
De *birra chiara* en de fonkelende *vino rosso* waarvan de druiven tegen de berghellingen van de *Alta San Egidio* groeiden, zouden rijkelijk vloeien.

Matteo moest veel later, toen de *cantina* haar deuren sloot, door twee vrienden naar huis worden getild. Stomdronken, zoals zo vaak gebeurde als er iets te vieren viel.
Toen Matteo vierentwintig uur later ontwaakte, herinnerde hij zich de geboorte van zijn dochter niet meer.
Pas toen hij Mimo, die haar kind voedde, in de stoel zag zitten, herinnerde hij zich dat hij vader was geworden.

Moeizaam stond hij op van de bank om in de keuken koud water uit de kruik te drinken.
Tot tweemaal toe boerde hij hard terwijl hij terugliep naar de kamer.
Mimo keek angstig naar haar man die in de deuropening stond.

'Dove sta la mia colazione?'
'Waar is mijn ontbijt,' beet hij haar toe.

Eelke

Zijn hele leven woonde hij al op het eiland. En er was ook niets anders wat hij liever wilde dan eilander te zijn. Wonen op het mooiste eiland in de Noordzee.
Natuurlijk waren Texel, Vlieland, Ameland en Schiermonnikoog ook mooie eilanden. Maar toch, ze vielen in het niet bij Terschelling. Skylge zoals het vaak liefdevol door de eilanders genoemd werd.
Nog een paar maanden, dan zou hij klaar zijn met de opleiding die hij volgde in Midsland, het dorp tussen West en Formerum, zijn geboorteplaats.
Na vijf jaar zwoegen, en af en toe ook luieren, kon hij, als alles een beetje meezat, over een paar maanden zijn diploma ophalen in 't Schylger Jouw, de school voor vmbo waar hij zijn mavo-diploma hoopte te halen.

Maar dan?
Wat dan?
Hoe moest het dan verder? Hoe moest zijn toekomst eruit komen te zien? Wat wilde hij eigenlijk met zijn leven? Wilde hij verder studeren? Dan moest hij naar de wal, naar Leeuwarden of verder nog. En zijn vader? Hoe moest dat dan met zijn vader? Moest hij die dan maar alleen laten? Of zou hij met zijn vader meegaan nu deze voor het eerst een baan elders had geaccepteerd? Zo veel jaren had zijn vader dagelijks naar West gefietst om met de boot over te steken naar Harlingen waar hij werkte als werktuigbouwkundig ingenieur bij een metaalverwerkend

bedrijf. En nu ging zijn vader van baan veranderen.
Moest hij, Eelke, meegaan met zijn vader of zijn eigen weg kiezen, in Leeuwarden een kamer zoeken voor doordeweeks en in de weekenden bij oom Jelle gaan wonen?

Eelke Haringsma zat op de hoogste duintop van het natuurgebied De Koegelwieck, ergens tussen paal veertien en vijftien en mijmerde over zijn toekomst.

Waarom bedacht zijn vader opeens dat hij niet meer in Harlingen wilde werken? Was hij op de vlucht sinds moeder anderhalf jaar terug overleden was? Was zijn hart onrustig? Of wilde hij, nu hij niet langer gebonden was, zijn horizon gaan verbreden? Een andere wereld gaan verkennen. Een einder zoeken die er anders zou uitzien dan de einder die hij duizenden keren aanschouwd had, de horizon waarachter zee en hemel samensmolten. En moest hij gaan studeren of met zijn vader mee trekken naar die andere wereld? Misschien kon hij gewoon op het eiland blijven wonen, een baantje zoeken.

Die gedachte kwam de laatste maanden steeds vaker omhoog borrelen. Een baan zoeken, werken, geld verdienen, op eigen benen staan. Daarbij had hij oom Jelle of zijn vader ook niet meer nodig. Misschien kon hij de weekenden thuis doorbrengen, en zo het huis op orde houden zodat zijn vader een opgeruimd huis zou aantreffen als hij na elf maanden weer thuis zou komen.

Hij glimlachte bij die gedachte en keek naar een kapmeeuw die brutaal dicht bij hem was gaan zitten. Hij gooide de meeuw een uitgedroogd stuk ontbijtkoek toe die hij uit een zak van zijn anorak opdiepte.
De meeuw draaide zijn kop een aantal malen en keek Eelke

argwanend aan. Uiteindelijk overwon de honger het van zijn angst. Met snelle passen dribbelde de meeuw in de richting van het stuk ontbijtkoek, pakte dit op en klapwiekte daarna weg om de lekkernij op veilige afstand op te schrokken.
Niet veel later wipte de meeuw opnieuw nieuwsgierig in Eelkes richting. Hij keek de meeuw glimlachend aan en wierp het een ander stuk toe. Dit herhaalde zich tot de koek op was. De kapmeeuw bleef nog enkele seconden zitten, tot het begreep dat er niets meer voor hem te halen viel.
Eelkes blik was opnieuw op de horizon gericht.
Met nietsziende ogen blikte hij naar de zee waar de zon langzaam in leek uit te doven.
Zo'n honderd meter verder rommelde de branding zacht. Enkele meeuwen krijsten elkaar iets toe. De lucht verkleurde van blauw naar oranje en van oranje naar roodgrijs. De wind was weggevallen. Het helmgras stond roerloos op de hellingen en toppen van de duinen. Een rilling doortrok het lichaam van Eelke en deed hem ontwaken uit zijn dagdromen.
Het werd frisser.

Hij hield de krant al weken in de gaten, maar had geen werk kunnen vinden dat hem echt aanstond. Natuurlijk was er veel seizoenswerk te doen. Werken op een strandpaviljoen, of werken in de horeca op West of Formerum. Zelfs de advertentie van een vacature die Hessel uit Hoorn had geplaatst, had hem niet kunnen bekoren. Al had hij die in eerste instantie wel uitgescheurd, en een afspraak met Hessel gemaakt om te bespreken wat de vacature nu eigenlijk precies inhield. Nadat Hessel hem had uitgelegd dat hij een assistent zocht die in tijden dat hij zelf optrad, zijn eetcafé "De Groene Weide" wilde runnen, wist Eelke echter genoeg. Een café runnen was niets voor hem. Nu hij erover nadacht, zag hij ook in dat Hessel hem niet geschikt gevonden had voor deze job. En gelijk had hij. Wat moest een jongen van amper achttien in zijn kroeg, behalve een biertje drinken en naar de eenvoudige muziek luisteren van de bekendste kroegbaas van Nederland?

Hij stond op en klopte het witte zand van zijn broek. Hij zette de kraag van zijn anorak hoog op, en keek voor de laatste keer die avond naar de donkere en nu bijna roerloze zee. Nog even, dan zou het helemaal donker zijn.
Hij draaide zich om en liep de weg terug naar beneden waar zijn fiets stond.

Toen hij even later op zijn roestige rijwiel sprong, besloot hij dat, als hij geen werk kon vinden op het eiland, hij zich zou laten inschrijven bij een uitzendbureau aan de wal. Met behulp van het internet had hij er enkele gevonden die mensen zochten met zijn opleiding en ze detacheerden in Harlingen en Franeker. Als hij geen baan op zijn eiland kon vinden, hoopte hij er een te vinden aan de wal. Misschien zelfs in Leeuwarden. En anders in Amsterdam of nog verder weg. Als hij de weekenden maar thuis kon zijn, bij zijn vrienden, zijn maten waar hij al zijn hele leven mee optrok.

Ongemerkt bereikte hij de Dorpsstraat in Hoorn. Hij keek naar links waar het eetcafé van Hessel lag. Het nu donkere erf lag er verlaten bij. Dat zou straks, als het zomer werd, wel anders worden. Hordes jongeren zouden er een drankje bestellen, en luisteren naar de eenvoudige en eerlijke muziek van hun idool. Nadat Hessel nog een laatste lied zou hebben gezongen, een slaapliedje, zou de kroeg sluiten, en zouden de jongeren hun feest voortzetten op de campings, voor hun tenten die omringd werden door muren van rode en groene bierkratjes. Hij fietste verder, vol gedachten, en sloeg linksaf voor de oude "Koffiemolen", waarvan de wieken in ruststand stonden.

Iets voorbij supermarkt Mier, vlak voor het cranberrybedrijf, reed hij het pad op dat naar huis leidde. Hij stapte van zijn fiets en liep de diepe achtertuin in naar het chalet waarvan hij de deur opende. Hij zette zijn fiets in de nagenoeg lege kamer. Het chalet diende in de winter als fietsenstalling. In de zomer werd het verhuurd aan vakantiegasten. Voor zijn ouders was het, toen moeder nog leefde, een broodnodige bijverdienste geweest. Jaren geleden hadden ze besloten dit chalet in hun diepe achtertuin te plaatsen. Zijn vader had samen met oom Jelle dit chalet gebouwd. Nagenoeg iedere eilander verdiende op deze wijze een centje bij.

Voorzichtig, om niets kapot te maken, plantte hij zijn fiets midden in de woonkamer waarin de aanwezige meubels afgedekt waren met witte lakens. Het rook er muf. Boven het aanrecht, waar de muur en het plafond elkaar raakten, zaten zwarte vlekken. Iedere dag werden deze vlekken wat groter.
Schimmel.
Dit zou het tweede seizoen worden dat het chalet niet door gasten gebruikt werd.

Hij sloot de deur van het chalet en legde de sleutel terug in de klomp die links van de deur hing.

'Hoi Eelke, wil je ook koffie? Ik heb het net klaar. Ik ga zo naar Jelle. Hij is jarig vandaag, weet je? Je gaat toch wel mee naar Jelle? Ik denk dat hij het leuk vindt als je ook komt.'

Eelke liep op zijn vader toe, en klopte hem zacht op zijn schouder.
'Misschien, ik denk er even over na.'
Zijn vader pakte nog een mok en goot deze vol met het zwarte vocht.

'En, hoe was het op het strand? Zijn ze het paviljoen bij paal vijftien al weer aan het opbouwen? Is je hoofd een beetje leeggewaaid? Weet je al wat je gaat doen? Zoek je een baan aan de wal of wil jij eilander blijven?'

'Hmm, wel een heleboel vragen hoor. Het paviljoen? Heb ik niet op gelet, en nee, mijn hoofd blijft veel te vol. Ik weet het gewoon allemaal even niet meer. In ieder geval wil ik vanavond op het internet wat formulieren invullen bij enkele detacheringbureaus. Misschien vind ik zo een leuke baan aan de wal. Op het eiland is denk ik niets te doen voor me, behalve seizoenswerk, wat ik niet leuk vind. Ik wil proberen, als ik aan de wal wat vind, dicht in de buurt te blijven. Dan kan ik tenminste ieder weekend terug naar huis, of naar oom Jelle. Misschien kan ik zelfs wel gewoon in ons huis blijven. Dan hou ik het een beetje bij en zo. Weet je wel hoeveel schimmel er al in het chalet op de muren staat? Als ik gewoon in de buurt kan werken, zou ik in het seizoen het chalet weer kunnen verhuren.'

Zijn vader glimlachte en keek hem aan terwijl hij zijn hoofd wat schuin hield

'Zo zoon, wat een plannen. Is dat wat je echt wilt? Aan wal gaan werken? Verder studeren? Op mijn huis passen en het chalet verhuren? Wil je niet mee met mij? Een ander land, een andere horizon. Een andere taal, een vreemde cultuur. Andere geuren, andere kleuren, andere smaken. Andere meisjes.'

'Nee, niet echt. Ik blijf liever hier in de buurt. Maar aan de andere kant, ik ben volwassen en daarmee… ach, ik weet het gewoon niet. Ik hoor hier op dit eiland, maar ik hoor ook bij jou. En ik weet dat, nu moeder er niet meer is, ik eigenlijk ook bij jou zou moeten blijven. Al was het alleen maar om een oogje in het zeil te houden, zodat je niet in zeven sloten tegelijk loopt.'

Eelke pakte de mok koffie uit de handen van zijn vader aan, knipoogde lachend naar hem en verdween naar boven, naar zijn zolderkamer.
Hij hield van zijn vader. De relatie die hij met hem had, was er een die gebaseerd was op wederzijdse vriendschap. Zoals hij zijn vader waardeerde, zo wist hij dat zijn vader hem waardeerde.

Famke, het vijftienjarige doofgeboren buurmeisje, zat achter zijn bureau en tuurde ingespannen naar het scherm van zijn laptop terwijl haar vingers in een razend tempo over het compacte toetsenbord vlogen. De pc was dag en nacht online en Eelke wist dat, zodra hij in de weekenden zijn hielen gelicht had, Famke zijn laptop in beslag nam om met al haar vrienden en vriendinnen te chatten. Met name vrienden waren op dit moment bijzonder interessant voor het meisje wier lichaam in snel tempo veranderde. De hormonen gierden door haar lijf.
Doordeweeks, als Famke intern op het internaat van het doveninstituut Effatha Guyot in Haren verbleef, was de laptop zijn privédomein. In de weekenden, als Famke thuiskwam en haar dove en slechthorende vrienden moest missen, moest hij zijn eigendom met haar delen.
Hij deed dit vrijwillig omdat hij wist dat schrijven voor het dove meisje een goede manier van communiceren was.
Naast het chatten met haar dove en slechthorende vrienden, schreef Famke veel. Boeken vol leek ze te schrijven. Toen hij wilde lezen wat Famke in het weekend op de tekstverwerker van zijn pc geschreven had, kwam hij echter al snel tot de conclusie dat deze informatie was opgeslagen op de USB-stick die altijd veilig om Famkes nek hing.

Wat geïrriteerd keek hij Famke aan. Hij kon het niet altijd waarderen dat de buren niet zelf investeerden in een pc en hun dochter daardoor vaak grote delen van de weekenden op zijn kamer doorbracht om met zijn laptop haar vrienden een virtueel bezoek te brengen. Meestal vond hij het geen probleem, maar soms als hij behoefte had aan rust en stilte, zoals nu, hing ze hem echt de keel uit.

'Alweer? Zit je nu alweer achter mijn lap? Hup, eraf. Ik moet werken. Ik moet een baan zoeken, weet je wel?' zei Eelke, waarbij hij met zijn mond overdreven articuleerde en met zijn handen gebaarde.
'Ja, ja, nog even, nog heel even. Ik moet toch even al mijn vrienden zeggen dat ik wegga? Geef me nog een paar minuten, wil je?' gebaarde Famke, waarbij haar handen de taal spraken die haar mond niet goed beheerste. Haar blik was alweer op het scherm gericht.

Eelke hield een moment zijn hand voor het beeldscherm om op die manier Famkes aandacht te vragen.

'Oké, je krijgt vijf minuten. Als ik mijn koffie op heb, ben jij van mijn laptop af. Zo niet, dan kun je MSN verder de hele week vergeten. Wat zeg ik, de hele maand vergeten.'

'Is goed, is goed,' gebaarde Famke met haar duimen omhoog gericht terwijl haar vingers even later opnieuw het toetsenbord geselden.

Eelke ging op zijn bed zitten.
Met zijn rug tegen de muur en zijn benen opgetrokken, verloor hij al snel opnieuw alle besef van tijd en plaats. De koffie werd koud, maar hij merkte het niet.

Zijn hele leven was hij eilander geweest. Moest hij nu zijn eiland verlaten? Inruilen voor iets wat hij niet kende? Wat voor toekomst stond hem te wachten buiten de beschermende grenzen van het langgerekte eiland? Iedere avond waren er de snelle lichtstrepen van de Brandaris die door zijn slaapkamer trokken. Moest hij dit gaan missen? Iedere keer als hij met de Koegelwieck of de Friesland het eiland langzaam naderde nadat hij een dag aan de wal had doorgebracht, zag hij de Brandaris al van verre. Daarna werden de rode daken van de huizen in West zichtbaar en de grote gele armen van de pieren die de haven beschermden. De stranden waren hier witter dan op de andere eilanden en de duinen leken hoger en groener. Zelfs het blauw van de lucht was hier intenser. Kon hij dit allemaal loslaten en inruilen voor iets waarvan hij niet wist wat het bracht?
Moest hij zijn vader volgen? Misschien een studie oppakken? Een talenstudie wellicht van de taal van dat nieuwe land?

Famke had zich inmiddels offline gemeld en keek naar de in zichzelf teruggetrokken jongeman die met nietsziende ogen op bed zat.
Ze gebaarde een onduidelijk afscheid en sloot de slaapkamerdeur zacht achter zich.

Mimo en Laura

Het was lente. Bijna wekelijks maakte Mimo met haar driejarige dochtertje een wandeling door de smalle straten van Cortona. Soms ook nam Mimo haar mee buiten de oude muren van het stadje, en beklommen ze een hoge heuvel. Halverwege de heuveltop moest Laura worden opgetild als ze niet meer verder kon lopen. De moeder zong dan vaak een liedje voor haar kind, waarbij Laura de lippen van haar moeder bestudeerde en er haar hand op legde, alsof ze de beweging van haar lippen wilde voelen. Als Mimo vanwege de hand op haar mond niet meer zingen kon, wees ze Laura op de lammeren die in de nog groene weiden stonden. Over een paar maanden zou al het groen verdwenen zijn en hebben plaatsgemaakt voor de kleur van verdorde aarde.

Een milde lenteregen doorweekte hen in luttele seconden. Mimo rende met haar kind in de armen naar een al jaren leegstaande boerderij waarvan er enkele tegen de heuvelflank lagen. De bewoners van deze oude woningen waren lang geleden naar de stad vertrokken en hadden hun huis, vaak nog deels voorzien van huisraad, verlaten.

Ze zette Laura neer en keek door het glasloze venster naar buiten. Roerloos staarde ze naar de heuvels. Het venster bood uitzicht op Cortona dat tegen de volgende heuvelflank leek aangeplakt. De oude kasteelstad lag nog steeds, na zo veel eeuwen, veilig binnen haar muren. Niets leek de stad te kunnen kwetsen.

De ogen van Mimo zagen Cortona niet liggen. Haar gedachten waren in Assisi, de stad waar ze geboren was.
Misschien dat de door muren beschermde stad niet gekwetst kon worden. De mensen die binnen deze muren woonden, werden dit soms wel.

Eindeloze boomgaarden waren rondom *Cortona* geplant. De peren- en kersenbomen droegen hun volle bloesem. Vanuit de olijfboomgaarden steeg nu al een heerlijke geur op die door de wind werd meegevoerd en ongehinderd de woonkamer van de oude boerderij vulde.
Mimo merkte deze geuren echter niet op. Haar lege ogen dwaalden over de heuvel en ontmoetten statige cipressenlanen. De zo typerende bomen in dit landschap bewogen alle, gehoorzaam aan de zuidenwind, gelijktijdig in een rustgevend wuiven.
Maar Mimo's ogen bleven leeg.
Ze verlangde naar Assisi.

Assisi

Eenentwintig jaar geleden had haar moeder haar voor het eerst in de armen gehouden. Ze was een kleine baby.
Fragiel was ze altijd gebleven. Haar wieg stond in een middeleeuws huis aan de *via Eremo di Carceli*, niet ver van het *Amfiteatro Romano.*
Haar ouders waren dolgelukkig met Mimo. Zij was hun zesde kind, maar daardoor niet minder welkom dan hun eerste kind negen jaar eerder geweest was. Mimo was eigenlijk een jongensnaam, maar omdat de zachtaardige overgrootmoeder van Mimo haar leven lang dezelfde naam gedragen had, kreeg ook dit kind die naam, uit eerbetoon toebedeeld.
In de *Basilico di S. Francesco,* de grote kerk die de naam van Franciscus of Francesco van Assisi gekregen had, werd ze niet veel later gedoopt.

Assisi was een mooie stad. Vele duizenden pelgrims bezochten de stad ieder jaar weer om uiteindelijk hun gebeden uit te spreken in de Basiliek van Franciscus van Assisi. De *Basilico di S. Francesco.*

Mimo groeide op in een groot gezin. Haar ouders waren vrome en liefdevolle mensen.
De boodschap van liefde die Jezus van Nazareth eens uitdroeg en voorleefde, werd twaalf eeuwen later door Franciscus, geboren te Assisi, opnieuw uitgesproken en nageleefd. De ouders van Mimo kenden deze boodschap, en leefden deze op hun

beurt ook weer na. Ook zij leerden hun kinderen God lief te hebben boven alles en geen geweld te gebruiken tegen anderen. Hen zelfs lief te hebben als zichzelf.

Mimo was gelukkig.
Als kind speelde ze met haar vriendinnen in de smalle trapsteegjes, en vergaapte zich aan de vele pelgrims die iedere dag de poorten van de stad binnentraden.

's Avonds, als de zon op het punt stond achter een heuvel te verdwijnen, ging ze als jonge vrouw vaak met haar hartsvriendin Simonetta de stad uit om even buiten de stad in de heuvels te gaan zitten.
Vanaf hun zitplaats hadden ze een schitterend uitzicht op Assisi. De huizen van het stadje waren uit witte en roze natuursteen opgetrokken. De zon veranderde langzaam van kleur en zette de hemel in brand. Al deze veranderende kleuren, met het stadje als middeleeuws decor, deden mystiek aan.
Als betoverd bleven de jonge vrouwen naar dit schouwspel kijken, tot de zon achter de heuvel verdween.

Op school had Mimo het niet makkelijk. Ze leerde moeilijk en kon niet goed met de anderen in haar klas meekomen. Toen ze zestien jaar werd, besloten haar ouders dat Mimo beter kon gaan werken. Niet veel later vond ze een baan en stond ze met haar stijf gesteven witte schort in de *Frutta e Verdura*, de groente- en fruitwinkel aan het *Piazza Mateotti.*

Mimo deed haar werk opgewekt. Iedere ochtend kwam ze met een glimlachend *'buongiorno'* de winkel binnen. Ze pakte haar schort van de haak, opende de winkel door de rolluiken omhoog te duwen en schrobde het straatje voor de winkel zodat het fris en schoon was. Iedere klant kreeg van haar dezelfde

volle glimlach. Elke dag opnieuw. In de maanden die ze in de winkel werkte, deden steeds meer mannen de dagelijkse boodschappen voor hun vrouw. Een glimlach en een vriendelijk woord van hun Mimo, of Mima zoals ze haar allen liefkozend noemden, maakte dat hun dag een gouden randje kreeg. Haar krullende zwarte haar droeg ze vaak los, zodat dit in lange slagen over haar rug viel.
Haar groenbruine ogen konden alleen maar lachen.

Ze was gelukkig. Wat was er mooier dan leven in Toscane? Wat was er mooier dan leven in de vroomste stad van het land? Rome was in de ogen van de Kerk misschien de meest vrome stad ter wereld. Maar was het niet juist Francesco geweest die de misstanden van de Kerk zijn leven lang bestreden had? Die de liefde van Christus centraal zette en de misstanden binnen de Kerk en de macht van diezelfde Kerk aan de kaak stelde?

Mimo was een vrouw van weinig woorden. Ze sprak niet veel en uitte haar geloof door haar daden. Ook hierin herinnerde zij zich de woorden die Francesco had uitgesproken: 'Ik wil van God getuigen, als het moet met woorden.'

Iedere zaterdagavond en zondagmorgen, als de klokken van de vele torens die de stad telde beierden, ging ze met haar broers en zussen naar de Grote Basilica.
Ook doordeweeks ging ze soms naar de kerk om in de *Capella di San Catarina* te biechten. Net als alle andere mensen had ook Mimo haar onzichtbare zonden. Dingen die ze wilde belijden om vergeving te ontvangen. En ze kreeg die vergeving aangeboden door een mens die haar vertelde zonden te kunnen vergeven. Ze vertelde de pastoor dan dat ze zondige gedachten had. Dat ze verlangde naar een man. Dat ze geliefkoosd wilde worden, en omdat er geen man was, zichzelf soms liefkoosde.

De in de schaduw verstopte gedaante, aan de andere zijde van het houten hekwerk, luisterde in stilte. Hij sprak nooit een oordeel uit. Als Mimo een minuut na het uitspreken van haar gedachten stil geweest was, vroeg een stem: 'Waren dit al je zonden deze week, Mima?' Ook de pastoor was een dagelijkse klant in de winkel.

En als Mimo deze vraag bevestigend beantwoordde, vertelde hij haar dat ze niet meer mocht zondigen, en iedere dag een aantal gebeden moest opzeggen. Daarmee waren haar zonden vergeven. Met opgelucht hart verliet ze dan de biechtstoel en liep de weg terug naar huis.

Zacht neuriënd. Soms een gebed prevelend.

Zo leefde ze haar eenvoudige leven. Genietend van de kleine dingen om zich heen. Zich koesterend in de warmte van het grote gezin waarin ze opgroeide. Zich veilig wanend in de kerk waarin ze volwassen werd. Genietend in de stad die de naam droeg van de heilige Francesco van Assisi. De meest heilige stad van Italië.

Nog steeds staarde Mimo met nietsziende ogen naar buiten terwijl ze zich in de verlaten boerderij bevond. Haar dagdromen waren een vlucht. Een vlucht uit haar gevangenschap.

Ze leunde tegen het kozijn van het venster. De wind beroerde haar haar.

Alsof hij haar wilde vertellen dat ze niet alleen met haar gedachten was.

Alsof hij haar wilde zeggen dat iemand van haar hield.

Ze merkte de wind die haar liefkoosde echter niet op en stopte gedachteloos een lok krullend haar waar de wind mee speelde, achter haar oor.

Ze ging zitten op de brede stenen vensterbank.

Haar ogen waren nog steeds op Cortona gericht, terwijl haar gedachten haar weer meenamen naar Assisi.

Toen ontmoette ze Matteo.
Het was juist etenstijd en zijn maag moet gerammeld hebben.
Hij had juist zijn rode Alfa geparkeerd onder een gevlekte plataan waarmee het *Piazza Mateotti* was omringd en keek zoekend om zich heen.

Mimo liep juist de groentewinkel uit en dekte met een wit laken de groenten en het fruit af.
Straks, na de *siësta,* zou ze het laken weer verwijderen.
Ze voelde dat iemand naar haar keek wat haar een niet onplezierig gevoel gaf.
Toen zag ze hem staan, onder de plataan. Zijn blik gleed goedkeurend langs haar lichaam. Daarna riep hij haar toe.
'Hé, hallo. Kan ik nog appels bij je kopen?' hoorde zij hem roepen. Ze wilde hem wel van dienst zijn en liep opnieuw de koelte van de winkel in. Even later kwam de man binnen, zette zijn zonnebril op zijn voorhoofd, en kocht een zak appels. Hij bleef haar aanstaren, zijn ogen dwalend over haar lichaam.
Ze was naar buiten gelopen, en had hem gezegd dat het *siësta* was en dat de winkel een paar uur dicht ging.
De man volgde haar, en trok de zware rolluiken voor haar naar beneden, waarna hij deze afsloot met de sleutel die hij uit haar handen had genomen.

'Heb je zaterdagavond iets te doen?' had hij haar gevraagd.
Ze keek hem glimlachend aan. Dezelfde glimlach waarmee ze haar klanten dagelijks verraste. Dezelfde glimlach die de mannen van Assisi had doen besluiten de dagelijkse boodschappen voor hun vrouw bij hun Mima te gaan doen.

Giuseppe

Hij zat buiten, wat verscholen achter de gevlekte bast van een plataan. Zijn ogen waren gesloten geweest.
Giuseppe Galibi hield *siësta* en hing wat onderuitgezakt op de gietijzeren bank. Hij genoot van de koele schaduw en dronk, nog steeds met gesloten ogen, een slok water uit de plastic fles die hij zojuist gekocht had.
Hij luisterde naar de stilte. Een papieren zak, met de resten van wat druiven en een aangesneden meloen, lag op de bank naast hem. Even daarvoor had hij een stuk stokbrood met zijn vingers verkruimeld en aan de duiven gevoerd die uiteindelijk uit zijn handen aten en naast hem op de bank wachtten op meer brood, dat niet komen zou.
Giuseppe opende zijn linkeroog even toen hij iemand hoorde roepen om een zak appels. De klok sloeg twaalf uur.
Hij keek naar de winkel waaruit Mima juist naar buiten kwam lopen om deze af te sluiten tot na de *siësta*.

Mima…
Giuseppe sloot opnieuw zijn beide ogen en droomde even weg.
Hij dacht aan zijn wekelijkse bezoekjes aan de groentewinkel. Iedere week in de nazomer en herfst reed hij van Cortona naar Foligno waar hij de opbrengst van zijn akkers verkocht. Van daaruit werden zijn vruchten per vliegtuig verder vervoerd.
Op de lange weg terug naar Cortona maakte hij altijd een tussenstop in de Heilige Stad. Hij genoot van Assisi. Als hij de

witte stad die tegen een heuvelflank lag te sluimeren, naderde, sloeg zijn hart altijd een slag over. Hij bewonderde haar contouren. De stad leek even lang als hoog te zijn, zoals deze was gebouwd. Het late zonlicht gaf de straten van de stad een gouden glans.
De gedachte aan de Nieuwe Stad kwam vaak in hem op als hij Assisi in de verte zag liggen.

Hij genoot van de stilte in de stad. Van de sfeer die de pelgrims meebrachten. Devotie, stille aanbidding. Niet eens aanbidding voor de persoon van Francesco die ooit in Assisi woonde en werkte, als wel voor Hem die door Francesco werd gevolgd.

Niet alleen de stad verschafte hem vreugde. Ook de bezoekjes aan de groente- en fruitwinkel maakten hem vrolijk.
Het leven van Giuseppe Galibi was geen makkelijk leven geweest. Twintig jaar lang had hij genoten van het meest waardevolle dat hij ooit had bezeten. Alhoewel het geen bezit geweest was, zo realiseerde hij zich. Een lening was een beter woord voor datgene wat hij in haar gevonden had.
En er kwam een dag dat hij deze lening moest afstaan, teruggeven aan hem die de lening verstrekt had.

Hij miste haar nog dagelijks. Al meer dan tien jaar lang bezocht hij haar iedere dag. Hij bracht haar dan een klein cadeau, kleine tekens, aandenkens die hij bij haar achterliet om haar te laten weten dat hij haar bezocht had.

Een klein halfuur geleden sprak hij met Mima.
Natuurlijk wist hij dat ze Mimo heette. Hij wist echter ook dat bijna niemand in de stad die naam gebruikte. Hij zorgde er altijd voor dat hij de laatste klant was voor de *siësta* aanbrak en de winkel gesloten werd. Dan had ze tenminste even tijd om met

hem te praten. Hij luisterde graag naar haar vrolijke stem.

'Hallo Giuseppe, fijn je weer te zien. Wat kan ik vandaag voor je doen? We hebben heerlijke druiven. Misschien wil je die proberen? En wat dacht je van onze meloenen? Vanmorgen vers aangekomen. Ook maar proeven? Hoe is het overigens met je? Is het leven in Cortona net zo goed als het leven hier bij ons in Assisi? Waarom komt een vroom man als jij niet bij ons wonen? Wij hebben ook olijfgaarden om de stad liggen. Of zijn de olijfgaarden rondom jouw boerderij op die hoge heuvel van grotere waarde dan die van ons?'

Hij keek in de ogen van de jonge vrouw, en zag de schoonheid die erin blonk. Haar zachtmoedige karakter was te horen in de woorden die zij sprak en in de taal van haar ogen.

'Ik kan mijn olijfgaarden niet verkopen, Mima,' antwoordde hij dan. 'Ze zijn, net zoals jij zelf al aangeeft, te kostbaar. Die grond zal ik nooit verkopen.'
'Waarom niet Giuseppe? Wat maakt jouw akkers dan van grotere waarde dan die van Assisi? Is het de grootte of de ligging van je akkers? Of is het iets met de akkers zelf? Of is het misschien de leeftijd van de olijfbomen? Zijn de bomen groter in omvang en rijker van opbrengst?'
'Niets van dat alles, Mima. Mijn olijfgaarden zijn niet beter of groter. De bomen zijn ook niet ouder dan de meeste andere. Het gaat niet om de bomen of de aarde zelf. Het gaat om dat wat er in mijn tuin verborgen ligt.'
'Heb je een schat in de akker verborgen, Giuseppe?' vroeg Mimo terwijl ze een moment haar hand op de arm van de grijzende man legde.

Giuseppe glimlachte even. Zijn lange haar krulde onder zijn fla-

nellen hoed uit. De groeven in zijn gelaat leken dieper te worden toen hij haar met slechts twee woorden zacht antwoordde:
'Dat klopt.'
'Nou, dan moet je zeker niet verhuizen, Giuseppe. Want ik heb ooit eens geleerd: je hart is daar waar je schat is.'

Giuseppe keek haar aan, zich afvragend of ze werkelijk begreep wat ze hem juist voorhield.
In een reflex had hij zijn hand op die van haar gelegd, waarna hun beider ogen tastend zochten naar onuitgesproken woorden.

Hakkelend, zichzelf verwensend om het kinderachtige gedrag, vroeg hij haar uiteindelijk om wat druiven en een verse meloen.
Mimo had de druiven in een zak gedaan en hem een meloen in zijn hand gedrukt waarbij ze glimlachte.
Hij pakte een fles water die in de koelvitrine stond, en rekende het bedrag af dat Mimo hem noemde.

Nog steeds zat de grijze man met gesloten ogen onder de plataan. Zijn mondhoeken waren omhoog gekruld.

Opnieuw hoorde hij de deur van de winkel terwijl even later het geratel van een rolluik klonk.
Giuseppe opende zijn ogen en ging rechtop zitten.
Vanaf zijn plekje in de schaduw zag hij Matteo en Mimo voor de *Frutta e Verdura* staan. Ze spraken over iets wat hij niet kon verstaan.
Hij zag Mima lachen.

Giuseppe kende Matteo Piccardo. Hij kende zijn ouders en zijn verdere familie. Op het moment dat hij Mima zag lachen naar

deze man, trok er een felle pijn door zijn borst.
Onbewust drukte hij met zijn rechterhand tegen zijn borst, als wilde hij de pijn wegdrukken die hem de adem ontnam.

Even later stapte Matteo in een rode Alfa die iets verderop onder een andere plataan geparkeerd stond.
Voor Matteo instapte, keek hij een moment naar de bank waarop Giuseppe zat.
Een seconde keek Giuseppe in het hart van de jongeman. Opnieuw greep zijn hand naar zijn borst.

Laura

Laura was de vervallen kamer van de leegstaande boerderij uit gelopen en speelde op de binnenplaats die gedomineerd werd door een put. Van de putpomp was het elektriciteitsnoer doormidden geknipt.
De milde lenteregen had plaatsgemaakt voor de voorjaarszon die in korte tijd de aarde weer deed opdrogen.
Laura speelde zoals ze altijd speelde. Met een takje dat ze vond, of een pijnappel. Met kleine eenvoudige dingen die niet te koop waren, maar gewoon gevonden konden worden met het oog van iemand die de waarde ziet van dat wat weinig waarde heeft.
Laura speelde in stilte. Uren konden voorbijgaan waarin ze geluidloos speelde. Soms was een zachte zucht het enige dat hoorbaar was.
Mimo keerde zich om van het venster en liep naar de binnenplaats. De lenteregen was al minuten geleden overgewaaid. Het groen op de heuvelflanken leek groener dan even daarvoor. Modderig water liep in enkele stroompjes snel de heuvels af naar beneden.

Laura zat met haar rug tegen de put, en tekende met een takje in de vochtige aarde. Mimo keek naar haar kind, en glimlachte.
'Ga je mee Laura? Het is weer droog.' Even wachtte ze alvorens ze vervolgde: 'Kom, we gaan naar huis. Papa komt straks thuis, en dan moeten we in huis zijn. Het eten moet dan op tafel staan.'

Laura keek niet op. Was ze zo diep geconcentreerd of had ze haar moeder niet horen roepen?
Mimo kende het antwoord.
Ze liep naar haar dochter toe en ging op haar knieën voor haar zitten. Met haar wijsvinger tilde ze haar kin omhoog zodat Laura's ogen in die van haar haakten. Opnieuw stelde ze de vraag aan haar dochter.

Laura glimlachte even naar haar moeder, waarna ze haar ogen neersloeg en zich opnieuw op haar spel concentreerde.

Mimo kwam moeizaam overeind en draaide zich om. Ze liep terug naar het venster. Glas brak onder haar voeten.
Opnieuw keek ze naar haar woonplaats. Het oude stadje dat tegen de heuvelflank sluimerde in de zon.
De toren van de *Cattedrale* stak hoog boven alle andere daken uit.
Rode pannendaken waaronder pastelkleurig huizen waren gemetseld, blakerden opnieuw in de voorjaarszon.

Het leek zo vredig.
Matteo zou straks thuiskomen.
Ze moesten terug zijn voordat hij thuiskwam.

Opnieuw klonk het breken van glas.
Laura liep de kamer binnen. Met haar linkerhandje pakte ze de rok van haar moeder beet. Haar rechterduim verdween in haar mondje. Het lange krullende haar viel over haar rug.
Laura zuchtte diep terwijl ze haar hoofd tegen haar moeders heup legde.
De ogen van Mimo vulden zich met tranen.
Ze verlangde naar Assisi.

Laura

De pijn in haar rug had haar doen ontwaken.
De kamer was nu helemaal donker. Een zwakke streep licht scheen onder de deur door naar binnen. Het was het enige licht dat de kamer binnenviel.

Even bleef ze liggen.
Ze bewoog haar hand naar haar gezicht en betastte haar wangen. Iets had haar gestreeld.
Geliefkoosd.
Iets vertelde haar zonder woorden dat het van haar hield. De gedachte hieraan ontlokte bij haar een glimlach.

Ze probeerde overeind te komen.
Even later stond ze tegen de muur. Ze wreef met haar beide handen over haar rug om de pijn te verzachten. Toen haar ogen voldoende in het duister waarnamen, zocht ze de emmer die bij de deur stond. Een gebarsten aardewerken bord die de emmer afdekte, legde ze voorzichtig op de grond.
Het meisje stroopte haar jurk omhoog en haar onderbroek naar beneden waarna ze op de emmer ging zitten om te urineren.

Lang nadat ze klaar was, zat ze nog op de emmer.
Ze had tijd genoeg.
Ze kende geen tijd.
De woorden gisteren, vandaag of morgen hadden voor haar geen betekenis.

Er was het licht van de dag en er was het duister van de nacht.
Laura hield niet van de nacht. Als het licht was, kon ze kleuren onderscheiden. Kleuren en vormen die ze kon relateren aan gebeurtenissen en situaties.
Kleuren en vormen waren haar woorden en uit kleur en vorm bestond haar communicatie.
Als het donker was, zag ze geen kleuren en nauwelijks vormen.
Als de duisternis viel, werd het stil in haar.

Ze keek de kamer rond. Net als gisteren en eergisteren en die dagen ervoor. Haar ogen speurden naar veranderingen. Een mug, een spin, misschien zelfs een vlinder. Maar het was te donker om iets kleins waar te nemen.
Haar mond voelde droog. Haar tong plakte tegen haar gehemelte.
Voorzichtig stond ze op van de emmer, stroopte haar onderbroek omhoog, en streek haar jurk met beide handen naar beneden waarna ze de emmer weer afdekte.
Met één hand tegen de muur en de andere aan de stoel, schuifelde ze in de richting van de kruik die bij haar matras moest staan. Ze kon de contouren van de kruik al zien.

De stoel kraste luid over de plankenvloer. Laura hoorde het krassen niet. Wel voelden haar blote voeten de stoel over de vloer schuiven. Een moment stond ze stil.
Zou moeder naar boven komen?
Toen na enkele minuten de deur niet geopend werd, duwde ze de stoel opnieuw vooruit.
Even later liet ze zich op haar matras vallen. Het matras was nog steeds vochtig, maar niet meer zo vochtig dat ze er niet op liggen kon.
Laura ging met haar rug tegen de muur zitten. De ongelijke natuurstenen voelden koel aan. Even drukte ze haar wang tegen

de stenen. Toen pakte ze de kruik, en legde die met een handige beweging over haar arm waarna ze deze omhoog bewoog. Een straal water liep in haar geopende mond. Ze slikte het water door zonder haar mond te sluiten tijdens het slikken.

Werd het al weer bijna licht?
Hoelang was het al donker?
Had ze lang geslapen?
Zou haar moeder nog een keer naar boven komen om haar naar buiten te laten gaan?
Naar buiten op het koele platte dak onder de bescherming van het duister waardoor niemand haar zou opmerken?
Zou moeder de twee sloten van de deur met haar sleutel openen? En zou moeder haar dan helpen om buiten op de bank te komen?
Zou ze dan het kussen dat meestal op de bank lag, in haar rug drukken?

Laura's gedachten gingen terug naar een andere keer dat het donker was. Bijna iedere avond, als het donker voldoende bescherming bood om haar aan de ogen van mensen te onttrekken, hielp moeder haar naar buiten. Teder ondersteunde ze haar kind en hielp haar naar de bank die in de hoek van het dakterras stond.
Het kussen vlijde ze nauwkeurig achter haar rug.
Alsof ze wist wat Laura haar nooit had verteld. Het vertrekken van de mond van haar kind was voor haar voldoende om te weten dat zij lichamelijk leed.

En als Laura dan op de bank zat, genietend van de zwoele avondbries die langs haar wangen streelde, ging haar moeder soms naast haar zitten. Ze keek dan naar haar dochter en glimlachte soms.

Soms ook trok ze Laura tegen zich aan en streelde haar haar. Een enkele keer drukte ze een kus op haar voorhoofd. Haar moeder kon zo lief zijn.

Vaker trok moeder zich echter terug om een sigaret te roken, of om iets anders te doen. Misschien omdat ze op dat moment niet met haar kind samen wilde zijn. Misschien ook omdat ze niet met haar kind samen kon zijn.
Als haar moeder zich terugtrok om te doen wat ze moest doen, haar alleen latend in het duister op het platte dak, keek Laura om zich heen. Ze hield haar beide handen naar de hemel gericht, waarbij ze haar vingers spreidde.
Ze wachtte dan op de adem van de wind die haar vingers zou beroeren.

Oneindige tijden lang had de dag op haar donkere zolder geduurd. En al die tijd had ze naar dit moment verlangd.

Meer hoefde ze niet te ontvangen.
Meer verlangens had ze niet.
Een zucht wind maakte haar gelukkig.

Minutenlang lag ze dan op de bank. Haar handen met gespreide vingers naar de hemel gericht. De wind deed zijn wonder en maakte het kind gelukkig door te ademen.

De zwoele avondwind fluisterde de naam van de jonge vrouw en liet daarmee weten dat ze bestond.

Dan sloeg ze haar ogen op naar de hemel en keek naar de sterren die flonkerden aan het firmament. Met haar nog gespreide vingers probeerde ze er een te pakken.
Ze glimlachte dan, want ze wist dat het licht dat aan de hemel

prijkte, verder weg stond dan haar handen bereiken konden.

Het was haar spel.
Een spel dat haar gelukkig maakte.
Soms zelfs zo gelukkig dat het pijn deed op haar borst.
Ze legde dan haar hand op haar borst en wist dat die pijn weer veel te snel voorbij zou zijn.
Net zo snel als het moment van geluk ook weer zou verdwijnen.

Daar, op het hoge dakterras waar het altijd donker was als Laura haar voeten op de door de zon gebleekte kiezels zette, was Laura soms een moment volmaakt gelukkig.
Ze was er nooit alleen.
Altijd was ze samen met de wind die haar streelde. Die haar vingers beroerde. Die haar haar deed oplichten, haar naam fluisterde.
Die haar liet weten dat ze bestond.

Laura legde haar wang op de vloer.
Minutenlang lag ze daar zo. Wachtend op de trillingen die haar vertelden dat haar moeder naar boven zou komen om de deur naar buiten te ontsluiten.

Ze keek naar de deur waar haar moeder altijd door naar binnen kwam.
De smalle strook licht die even daarvoor onder de deur zichtbaar geweest was, was verdwenen.

Laura keek de donkere kamer nog eenmaal rond waarna ze op haar zij ging liggen op het nog vochtige matras.
Ze sloot haar ogen.
Een traan gleed langs haar wang en bevochtigde het matras.

De man

Hij stond op het dakterras.
Hij was juist van de bank opgestaan. Het kussen dat naast de bank had gelegen, hield hij nog in zijn handen.
Langzaam was hij op het venster toe gelopen.
Het grind had niet geknerpt onder zijn voeten.
Het donkere papier waarmee het venster afgeplakt was, leek voor hem geen belemmering te zijn om te zien wat hij wilde zien.
Zo stond hij minutenlang roerloos voor het venster. Zijn blik gericht op de plaats waar het kind zich binnen moest bevinden.

Hij draaide zich om. Zijn ogen waren dof.
Toen liep hij naar de bank terug. Het kussen, nog altijd in zijn handen, drapeerde hij in de hoek van de bank.

Alsof hij deze bij iemand in de rug stopte.
Teder.
Vol liefde.

De zwoele avondwind die zijn haar even daarvoor bewogen had, viel weg toen de man verdween.

Matteo

De rode Alfa 33 stond nog op de brug.
Uren had hij eraan lopen sleutelen.
Veel langer dan zijn baas, Beppe, hem toestond voor een dergelijke klus.
Beppe was woedend geweest op Matteo. De door Matteo extra gebruikte tijd kon hij nooit aan de klant doorberekenen.
Scheldend had hij tegenover hem gestaan, waarbij zijn speeksel de wangen van Matteo raakte. Hij had gedreigd dit uur niet uit te betalen.

Matteo boog zwijgend zijn hoofd. Walgend van zijn baas die het durfde hem te bespuwen. Maar hij had niets durven zeggen tegen Beppe. Bang zijn baan te verliezen. Bang om te vertellen hoe hij erover dacht. Nooit vertelde hij zijn mening aan iemand die sterker was dan hijzelf. In plaats daarvan schold hij in stilte op hen die sterker waren. Vervloekte hen zelfs.

Later, toen Beppe weer in zijn kantoor zat, was Matteo boos geworden op alles wat in zijn buurt kwam. Zijn gereedschappenwagentje was het dichtst in de buurt geweest en had de eerste trap gekregen.
Hij schold nu hardop, omdat hij wist dat zijn baas hem niet horen kon. Die zat ver weg in zijn kantoor niets te doen zoals hij bijna al zijn dagen vulde.
Waarschijnlijk zat hij vunzige boekjes te bekijken zoals hij meestal deed, terwijl hij, Matteo, hard moest werken.

Matteo bleef schelden, en haatte de wereld.
Iedereen was lui en dom.
Iedereen, behalve hij.

Hij gooide de grote steeksleutel die krampachtig in zijn hand lag, zo hard hij kon tegen het gereedschappenwagentje waarna deze luid kletterend op de grond belandde.

Hij kon er toch niets aan doen dat deze klus een uur extra had gekost.
Het vervangen van de distributieriem had hem veel meer tijd gekost dan normaal omdat er een bout afgebroken was in het aluminium gelegeerde motorblok.
Altijd gezeur met die Alfa's. Waarom hadden nu net die auto's aluminium gelegeerde motorblokken? Waarom niet gewoon gegoten stalen motorblokken zoals de meeste andere auto's?

Laaiend was hij op Beppe. Een uur salaris inhouden op het toch al karige loon dat hij hem betaalde terwijl zijn baas rijk werd van zijn geploeter.

Uiteindelijk had hij de brug laten zakken, controleerde de auto op alle voorgeschreven punten, en draaide nog eens alle bouten aan die hij voor de reparatie had moeten losdraaien.
Toen hij tevreden was over zijn werk, deed hij een plastic hoes over de bestuurdersstoel om deze te beschermen voor zijn overall, en stapte in de auto. Voorzichtig reed hij de Alfa de garage uit en reed in rustig tempo over de kronkelweg heuvelafwaarts naar Camucia.

Op de snelweg trapte hij het gaspedaal zo diep mogelijk in.
Opnieuw begon hij te schelden op Beppe. Waarom kon die man hem niet gewoon met rust laten? Zag hij niet dat hij, Matteo,

een vakman was die alleen maar hard werkte?

Met meer dan 150 kilometer per uur schoot hij langs het *Lago Trasimeno*, de schoonheid van het meer waarover een lichte nevel lag, negerend.
Haat blonk in zijn ogen, terwijl hij een sigaret opstak, het stuur vastklemmend tussen zijn knieën.

Iedereen was tegen hem.
Iedereen was dom. Zag niemand zijn intelligentie? Zag niemand hoe hard en goed hij werkte? Merkte helemaal niemand op dat hij superieur was in zijn handelen? In al zijn handelen?

Matteo vergat de tijd en geselde de Alfa door de heuvels.
Meer dan een uur liet hij het gaspedaal niet los. Zelfs niet in de tunnels waar verkeersborden aangaven dat de snelheid moest worden gematigd.

Bij Santa Maria degli Angeli kwam hij bij zijn positieven. Hij haalde zijn voet van het gaspedaal en draaide het raampje naar beneden waarna hij de peuk van zijn vijfde sigaret achteloos naar buiten schoot.
Hij had dorst en was hongerig. Het moest al tegen twaalven zijn.
Matteo verliet de snelweg. Hij stopte een moment bij de wegbewijzering en besloot naar Assisi te rijden om daar wat te eten, en een korte *siësta* in te lassen.

Assisi kende hij van lang geleden. De laatste jaren had hij de plaats echter gemeden. Hij vond de kleine stad te vroom. Te heilig.
Er hing iets in die stad wat hem tegenstond. Natuurlijk ging hij ook wel eens naar de mis, maar dat betekende niet veel. Hij

deed dit omdat zijn vader dit van hem eiste. Als hij niet meeging, dan kon hij rekenen op een flink pak slaag. Zijn moeder keek dan met angstige ogen toe.

Hij walgde van die angstige ogen.
Angst te zien bij anderen maakte hem ziek.

Zijn gedachten gingen terug naar zijn vader. Hij was een dictator geweest voor zijn gezin. Een strenge heerser die met fysiek geweld zijn wil oplegde aan een ieder die hem niet direct gehoorzaamde. Matteo was eraan gewend geraakt. Een leven lang had hij al slaag gehad van zijn vader. Eerst met de vlakke hand, later met een riem.
Weer later, toen hij volwassen was, en bijna een kop groter dan zijn vader, had zijn vader de riem weggedaan, en hem met de vuist bewerkt.
Natuurlijk had hij niet teruggeslagen, hoewel stemmen in zijn hoofd hem smeekten terug te slaan om verlost te worden van die man.
Die man, zijn eigen vader, zag zelfs niet in dat hij, Matteo, superieur was. Een vakman, bijna kunstenaar als het ging om kennis van auto's.
Was iedereen dan blind?

In de schaduw van een plataan, ergens aan een pleintje, parkeerde hij de auto. Het was een hete dag, en zijn gezicht glom van het zweet.
Hij keek omhoog, naar de brede kruin van de plataan en zag dat deze roerloos naar de hemel reikte.
Geen zuchtje wind beroerde het stadje waarvan de smalle stegen verlaten leken. Hij leek de enige mens te zijn in Assisi.

Dorst, water, of misschien een koud biertje of een goed glas koele wijn. Een stuk brood, wat kaas, even zijn ogen dichtdoen in het parkje, daar naast de kerk.

Zijn oog viel op de *Frutta e Verdura.*
Toen zag hij haar naar buiten komen.
Ze was klein van stuk. Lang golvend haar, dat bij elkaar gehouden werd door een brede goudkleurige band, viel over haar schouders. Haar grijsgroene ogen, vol van eigen gedachten, leken hem niet te zien.
Ze droeg een wit, stijf gestreken schort die de contouren van haar goed geproportioneerde lichaam verborg. Hij vermoedde onder die schort echter een slank en mooi lichaam.
Een verlangen dit lichaam te bezitten, kwam in hem op.

Ze neuriede zacht. Het was een bekende melodie. Hij had de melodie pas nog gehoord, ergens in een bar waar de radio altijd blikkerig in een hoekje stond te schreeuwen.

Het plein was verder leeg. De kerkklok boven in de vierkante toren sloeg juist twaalf slagen.
Hij observeerde haar in stilte en bewonderde de nauwgezetheid waarmee ze de dingen deed. Een wit laken drapeerde ze over de groenten en het fruit om ze te beschermen tegen de hete zon en de insecten.

'Ciao,' riep hij haar toe, *'buongiorno signora, ha una mela per me?'*
Hallo, goedemorgen juffrouw, kan ik een appel bij je kopen?

Ze had opgekeken. Haar ogen stonden wat verbaasd alsof ze geen klanten meer verwachtte op dit uur van de dag. Toen glimlachte ze naar hem, en maakte een gebaar met haar hand waaruit hij opmaakte dat hij haar volgen moest.

In de winkel was het koel geweest. Het rook er naar vers fruit en rijpe meloenen. Even later drukte ze hem een papieren zak vol appels in handen en noemde de prijs die hij betalen moest. Met zijn linkerhand tastte hij in het borstzakje van zijn smerige overall, waar hij zich plotseling voor schaamde en drukte wat kleingeld in haar hand. Haar hand was koel geweest. Net zo koel als de winkel.
Hun ogen hadden even in elkaar gehaakt, waarna zij deze bedeesd en zedig neersloeg.
Schor had hij haar bedankt voor de appels en samen waren ze de winkel uit gelopen.
De drukkende hitte die het plein leek te verschroeien, maakte dat hij ging zweten in de zware overall.

'Heb je zaterdagavond iets te doen?' had hij plotseling gevraagd. Zijn hart bonsde in zijn keel.
Hij was niet onbekend met vrouwen en wist dat deze vrouw anders was. Dat dit niet een meisje was waar hij eenmalig de liefde mee zou bedrijven, om haar daarna van zich af te duwen terwijl hij doorging met zijn leven, de vrouw vergetend.

Ze keek hem aan. Haar ogen keken vragend.
'Ik ga altijd naar de vroege zaterdagavondmis, maar daarna ben ik vrij. Hoezo?' vroeg ze hem.
'Nou, ik dacht, misschien vind je het leuk om een stukje met me te rijden. Naar het meer bijvoorbeeld, en daarna ergens iets eten. Maar alleen als je zin hebt hoor? Ik bedoel...'

Hij keek naar haar, en zag dat er zich kleine zweetdruppeltjes vormden op haar voorhoofd en neus. Hij wilde deze met zijn hand wegvegen, maar durfde niet.

'Ik weet niet eens hoe je heet,' antwoordde ze hem.
'Ik ken je niet eens. Ik weet niet of mijn ouders het goedvinden als ik met een vreemde meega.'

Haar ogen glommen plagerig.
Het wond hem op. Ze prikkelde hem. Hij kon er niet tegen als hij het gevoel kreeg dat iemand met hem speelde. Onbewust drukte hij de zak appels steviger tegen zich aan. Hij voelde boosheid in zich opkomen en wilde zich omdraaien toen hij haar hoorde zeggen: 'Tuurlijk wil ik wel een stukje met je rijden, en ergens met je gaan eten. Als jij betaalt tenminste.'

'Zeven uur? Of is dat te vroeg? Is de mis dan afgelopen? Trouwens, ik heet Matteo.'

'Zeven uur is goed.'
Ze stak haar hand naar hem uit die hij aannam.
'En ik ben Mimo, maar bijna iedereen hier noemt me Mima. Zeven uur zaterdagavond. Ik wacht op je bij het bankje onder de plataan waar jij je auto geparkeerd hebt.'

De weg terug naar Cortona leek korter dan de heenweg die morgen.
Beppe was verbaasd dat Matteo vroeger dan normaal van zijn *siësta* terug was gekomen, en de rest van de dag fluitend zijn werk deed.

Matteo ging die avond laat nog naar de bar aan het *Piazza Della Republica*, niet ver van waar hij woonde, en vertelde zijn vrienden van de verovering die hij in Assisi gemaakt had, waarbij zijn ogen glommen.
'Kan er uit die vrome stad iets goeds komen?' lachten zijn

vrienden schamper, terwijl ze het glas hieven op deze nieuwe overwinning van hun vriend.
Matteo keek zijn vrienden aan.
Lachten ze hem uit?
Een ijskoude wind verdreef de blijdschap die hij even daarvoor gevoeld had.
De glimlach die op zijn gezicht lag, verdween.

Laura

Een week was voorbijgegaan.
Een week waarin haar moeder iedere dag eten bracht en de toiletemmer leegde. Een kruik vers water stond elke morgen, soms al voordat ze ontwaakte, naast de deur. Moeder was dan binnen geweest zonder dat ze het had waargenomen.
Haar moeder was zwijgzaam geweest. Alsof ze zich ergens voor schaamde. Niet één keer was Laura deze week naar buiten geweest, en niet één keer had ze, beschermd door de duisternis, op de bank gezeten en genoten van de telkens weer veranderende omgeving.

Laura had al meer dan een uur naar de hoek van de kamer liggen staren. Haar ogen waren gericht op een kleine spin die een web spon.
Handig zwiepte de spin van draad naar draad om de volgende draad uit zijn lijf te laten vloeien. Behendig zette het die vast op de onderliggende draad van zijn web. Eindeloos werkte de spin door tot hij een kunstwerk had gecreëerd waarmee hij voorzag in zijn levensonderhoud.

Laura's hand lag op de plankenvloer terwijl ze toekeek.
Ze had de trillingen wel gevoeld.
Haar moeder kwam naar boven.
Ze keek naar de deur in de nu bijna duistere kamer en zag de deurkruk bewegen.
Even later kwam haar moeder de kamer binnen. Twee emmers

water in haar beide handen met zich mee torsend. Ze zette de emmers in het midden van de kamer. Het licht in het halletje brandde, waardoor haar kamer opeens half verlicht werd.
Haar moeder draaide zich om en verdween weer in het halletje om even later terug te komen met een paar grote handdoeken, een fles shampoo en een stuk zeep.

Soms waste moeder haar.
Misschien mocht ze naar buiten.

Mimo legde de handdoeken, de zeep en de shampoo op de stoel en liep naar haar dochter.
Geluidloos liet ze zich zakken op het matras, naast haar dochter.
Ze keek Laura aan, tilde haar kin op met haar wijsvinger, en kuste haar voorhoofd.
Haar lippen bewogen een kort moment.
Laura aarzelde even maar overwon haar angst en legde haar hand op haar moeders borst.
Mimo pakte die hand vast en drukte deze steviger tegen zich aan.

Meer dan een uur zaten ze daar zo.
Mimo, een jonge afgematte vrouw, wier ogen doorlopen waren van het vele drinken. Wier schouders en rug gekromd waren waardoor ze altijd naar de grond staarde. Murw geslagen door het leven.
En Laura, een meisje van bijna zestien, dat zich nauwelijks nog herinnerde dat de wereld groter was dan de wereld die ze soms zag als ze buiten was in het duister van de nacht. Afgeschermd voor het oog van de mensen. Die niet wist dat er meer bestond dan haar moeder. Die zich haar vader nauwelijks herinnerde. Die niet wist wat mishandeling was, omdat het haar nooit verteld was.

Een meisje voor wie beelden geluiden waren.
Laura, die daardoor, op haar eigen wijze, soms zomaar gelukkig kon zijn als ze een spin zijn web zag spannen.

Toen de paar stralen zonlicht die door de spleet zwart papier naar binnen wisten te dringen, een steeds hoger spoor op de muur trokken om daarmee aan te geven dat de zon bijna achter de heuvel zou zakken, stond haar moeder op. Teder trok ze Laura ook omhoog en trok haar jurk uit. Ook ontdeed ze haar van haar ondergoed.

Naakt stond ze zo voor haar. Haar huid, die dertien jaar niet verwarmd geweest was door de zon, zag grauwgeel. Haar ogen waren vragend op haar moeder gericht.
Stom stond Laura voor haar moeder terwijl deze haar ogen neersloeg.
Ze kon niet in de ogen van haar dochter kijken.
Ze wist wat zij haar dochter aandeed, maar kon niet breken met de leugen waarmee zij zich omringde omdat ze wist dat zij daarmee haar dochter zou doden.

Ze pakte de witte bol en zeepte haar dochter in met de naar lavendel ruikende zeep. Even later zakte Laura op haar knieën, met haar hoofd voor de emmer warm water. Haar moeder bevochtigde haar lange haar en waste het met shampoo. Daarna spoelde ze het haar uit en behandelde dit met een crèmespoeling om zo de klitten makkelijker te kunnen uitkammen.

Laura droogde zich af met de harde handdoek die binnen op de overloop had gehangen om te drogen.
Haar moeder reikte haar schoon ondergoed en schone kleren aan waarna ze zich aankleedde.

Daarna liep ze naar de deur die naar het dakterras leidde. Ze ontsloot de deur en opende deze.
Een kruidige geur werd door de zwoele avondwind uit de heuvels meegevoerd en doortrok de kamer. Laura keek naar de geopende deur en ademde de heerlijke geur diep in. De geur van olijfblad en kruiden prikkelde in haar neus.

Haar moeder zag hoe Laura met gesloten ogen genoot van de geuren die uit de verre heuvels werden meegevoerd, en liet haar schouders verder zakken, waarna ze haar hoofd boog.
Toen liep ze resoluut naar haar dochter, stak haar arm onder die van haar, en hielp haar naar buiten, het platte dak op.

Kiezels knerpten onder het gewicht van hun voeten. Laura keek haar moeder verrukt aan.
Een glimlach lag op haar lippen. Haar moeder glimlachte vermoeid terug en hielp haar dochter op de bank.
Het kussen dat op de grond lag, drapeerde ze zorgvuldig in haar rug. Ze wist dat haar dochters rug pijn deed. Daarna pakte ze Laura's hand en legde deze op haar borst. Zacht neuriede ze een lied dat zij zich herinnerde van lang geleden. Ze borstelde het lange haar van het meisje dat stil voor zich uit keek.

Toen duwde ze de hand van Laura voorzichtig weg en stond op. Met trillende vingers zocht ze in haar zakken. Even later vond ze de sigaretten waar ze naar gezocht had, draaide zich om en liep naar beneden, de deur achter zich open latend.

Laura stond op van de bank en schuifelde naar de halfhoge balustrade, haar voeten voorzichtig neerzettend. Aarzelend keek ze over de rand de diepte in.
Beneden zich zag ze de smalle *Via Bacarelli*. Op enkele balkons zag ze mensen zitten.

Beneden op straat stond een oude vrouw. Ze droeg een blauw gebloemd schort en veegde haar straatje schoon waarbij ze het vuil verplaatste naar het straatje van de buren. De oude vrouw had daarbij met spiedende ogen om zich heen gekeken om te zien of anderen zagen wat zij deed. Ze zag niet dat achter haar huis haar buurvrouw het vuil van haar straatje verplaatste naar dat van haar.

Laura draaide zich om en keek uit over het lager gelegen ommuurde stadje. Overal waar ze keek zag ze rode pannendaken waaruit schoorstenen omhoog wezen. Uit een enkele schoorsteen kringelde wat rook.

Ze draaide zich verder om en keek over de hoge stadsmuur, de *Mura del Mercato,* naar de heuvelflank.
Miljoenen zonnebloemen stonden rij na rij, hun kopjes omlaag gericht te wachten op de zon. Klaar om, zodra deze opnieuw haar warmte zou afgeven, hun gezichten op te heffen om zo veel mogelijk vrucht te kunnen gaan dragen.

Meer dan een half uur stond ze zo, genietend van alles wat haar ogen waarnamen.
Wachtend op dat wat komen ging.

Toen voelde ze de windvlaag. Zacht streelde deze haar wangen.
Haar pasgewassen jurk bewoog zacht.

Ze hoorde zijn stem.
Hij noemde haar naam.
Ze keek om en zag hem staan.
Hij glimlachte naar haar. Zijn hand ging omhoog en streelde haar wang, raakte haar haar.

Haar wangen glommen, haar ogen gloeiden. Duizend woorden rolden als vanzelf uit haar hart. Haar ogen spraken al die woorden die haar mond niet uitspreken kon. En haar ogen en haar hart verstonden de antwoorden die hij haar vertelde.
Ze voelde zich volmaakt gelukkig. Zo lang had ze hem niet gezien. Zo lang had ze hem niet gevoeld…

Hij reikte haar zijn hand. Samen liepen ze naar de bank. Het lopen aan zijn hand leek opeens veel makkelijker. De pijn, die vierentwintig uur per dag door haar rug trok, was verdwenen als hij naast haar liep. De eenzaamheid die vaak in de ochtend begon en in haar slaap eindigde was ook verdwenen.
Hij ging zitten en trok haar tegen zich aan. Stil zaten ze op de bank en vergaten tijd en plaats.

'Hoe was je dag, Laura?' hoorde ze hem zeggen terwijl zijn ogen de hare bestudeerden.

Zijn lippen hadden niet bewogen en zijn borst had niet getrild zoals dat bij haar moeder gebeurde. Toch verstond ze hem. Zijn woorden bevreemdden haar niet, hoewel ze geen woorden kende, geen woorden kon verstaan. Als ze met hem samen was, sprak hij zonder zijn lippen te bewegen en zij verstond wat hij haar vertelde.
Ze kenden elkaars gedachten.

Ze keek hem aan, terwijl zijn ogen verder spraken.
'Ben je veel alleen geweest?'
Laura pakte zijn hand vast en boog haar hoofd die hij even later weer oprichtte. Een traan rolde over de vinger van de man die naast haar zat.
'Waar bleef je nou zo lang? Waar was je toch? Waarom laat je mij steeds in de steek?'

Zijn ogen boorden zich in die van haar. Alsof hij met zijn blik zijn gedachten over wilde brengen.
'Ik ben altijd bij je,' antwoordde hij, 'ook als je mij niet ziet of voelt, ben ik bij je.'

'Weet je dan niet', zei ze hem, 'dat ik de zon nooit meer zie? Begrijp je dan niet dat het bij mij alleen maar donker is? Kun je mij niet naar het licht brengen? Kun je mij niet naar een plaats brengen waar jij altijd bij mij bent en ik bij jou? Een plaats waar ik altijd gelukkig zal zijn? Bij jou. Want waar jij bent, ben ik gelukkig. Dus wil ik zijn waar jij ook bent.'

De man pakte opnieuw haar gezicht vast. Ditmaal met zijn beide handen.
Hij keek haar aan en dwong haar hem aan te kijken.

Het was stil op het platte dak. Geen enkel geluid drong door. Duizenden sterren lieten weten dat het firmament eindeloos was. Zonder einde en zonder begin. Het uitspansel vertelde dat de eeuwigheid dichterbij was dan miljarden mensen met al hun kennis begrepen.

Ze zag dat hij ook huilde terwijl zijn ogen in de stilte van het dakterras verder spraken.

'Sluit je ogen, Laura. Geef mij je hand en sluit je ogen. Vertrouw op mij.'

Laura pakte zijn hand stevig vast en sloot haar ogen.
Even later hoorde ze zijn stem opnieuw.
'Kom, we moeten gaan.'

Hand in hand liepen ze op het smalle zandpad.
Houten karrenwielen met smalle stalen velgen hadden diepe sporen uitgesleten in het zand. In het midden van het pad was een smalle strook gras. Precies breed genoeg om met twee personen naast elkaar te kunnen lopen.
In de verte lag een stad tegen de heuvel. Blakend in het zonlicht koesterden zich de met rode pannendaken gedekte huizen. De stad genoot van de late zonnestralen. De hemel kreeg een abrikooskleurige glans toen de zon langzaam haar weg vervolgde. De lucht rook zoet.
Langs het zandpad waren terrasvormige wijngaarden aangelegd. Duizenden lage ranken, beladen met hun zware donkere vrucht, stonden in eindeloze rijen. Aan de voeten van de ranken tierde onkruid. Als de vrucht van de ranken zou zijn geoogst, en als de ranken werden teruggesnoeid om in het nieuwe jaar weer vrucht te kunnen dragen, zou de landman de afgesneden ranken samen met het onkruid verbranden.

In de verte lagen de langgerekte golvende heuvels. Uitgestrekte velden stonden vol graan. Roerloos, wachtend op de landheer. Wachtend om geoogst te worden.
Nog slechts een kort moment restte voor hij komen zou.
Even verderop strekten zonnebloemvelden zich uit zo ver het oog kon zien. Een leeuwerik zong het hoogste lied. Muggen dansten in de lucht.

Laura keek verrukt om zich heen. Haar ogen schoten alle kanten op en raakten niet verzadigd van zo veel wonderen.
Ze stak haar hand omhoog en raakte daarbij een enkele mug. Ze werd niet gestoken, maar voelde hoe de muggen bijna onmerkbaar haar vingertoppen beroerden voor ze opnieuw dansten in de late namiddagwarmte.

Een zwoele avondbries stak op en liet het koren dansen. Een enkele halm verloor zijn vrucht. Het viel in de vruchtbare aarde om daar te sterven.
Alleen op die manier zou de aar zich volgend jaar talloze malen kunnen vermenigvuldigen.
Sterven om vrucht te dragen.
De met cipressen omzoomde landweg voer naar de top van de heuvel. Het einde van de weg was niet met het oog waar te nemen.
Een moment stonden ze stil.
Laura keek omhoog en zag de ogen van de man. Ze wist dat hij gelukkig was. Ze voelde een oneindige vrede in zijn hart.
Opnieuw werden haar ogen vochtig. Ze omarmde de man die naast haar stond en drukte haar gezicht in zijn haar.
Hij keek haar verrukt aan, alsof hij dankbaar was voor de liefkozing die zij hem gaf.
Alsof dit hem gelukkig maakte.
Zacht streelde hij haar wang met de rug van zijn hand.

'Is dit de plaats waar jij woont?' vroeg ze hem. 'Kunnen we hier niet altijd samen zijn? Ik voel dat jij nu ook gelukkig bent. Jij wilt toch ook niet dat ik in het donker woon? Jij wilt toch ook dat ik gelukkig ben?'

Langzaam zakte hij door zijn knieën voor haar neer. Alsof hij voor haar knielde. Ook Laura knielde in het gras. Hun handen vonden elkaar.

'Nog niet Laura, nog is het niet de tijd om hier met je te wonen en voor altijd samen te zijn. Maar ik beloof je: als jij bij mij blijft en mij blijft opzoeken, zal die tijd niet lang meer duren. Tot die tijd komt dat jij en ik voor altijd samen zullen zijn, is het de verantwoordelijkheid van mensen om jou gelukkig te maken daar waar jij nu bent. Ik zal mensen op je weg plaatsen. Het is aan hen om naar jou om te zien.'

Laura boog haar hoofd toen hij niet verder sprak. Alsof ze wist dat ze moest instemmen met zijn woorden.

'Ben je moe?' hoorde zij hem zeggen.
'Kom, ik zal je dragen.'

De man stond op en nam haar in zijn armen.
Het leek hem geen moeite te kosten de jonge vrouw in zijn armen te houden. Zo gingen zij een tijd zwijgend voort om ten slotte voor een zonnebloemveld opnieuw stil te staan. Hier zette hij Laura neer.
De man liep naar het veld en bukte bij een geknakte stengel. De grote gele bloem lag in het zand, zijn bloembladen verdorden al. Hij rechtte de gekwetste stengel en ontdeed de bloem van vuil waarna hij naar het meisje terugliep.

'Zie je de zonnebloemen, Laura? Weet je dat al die bloemen 's nachts, als het donker en stil is, als er geen vormen zijn en als er geen kleur is, hun kopjes laten zakken? Dat doen ze iedere nacht. Maar weet je, zodra de zon weer aan de hemel staat, richten ze hun blik omhoog om verzadigd te worden. Om vervuld te worden met warmte. De warmte die de zon geeft zodat ze vrucht zullen dragen.'

Voetstappen klonken op de trap.
Mimo kwam de deur uit lopen. Het grind knerpte onder haar voeten.
Ze liep naar de bank waarop haar dochter lag te slapen.
Voorzichtig ging ze naast haar zitten. Ze tilde Laura's hoofd omhoog en legde deze op haar schoot.

Zacht streelde ze het lange haar van haar dochter. Een frisse geur steeg eruit omhoog.
Ze keek omhoog en verwonderde zich over de sterrenpracht.
Een zonnebloem waarvan de steel geknakt was, lag in het grind onder de bank. Ze merkte de bloem niet op.

Een windvlaag streelde haar wangen.
Beroerde haar haar.
Ze meende een stem te horen.
Iemand noemde haar naam.

Eelke

Hij ruimde de laatste tafels af en klapte de vijfkantige oranje parasols in. De gele Icetea-vlag hing roerloos aan de vlaggenmast. De wind was weggevallen.
De steeds opnieuw verkleurende lucht werd langzaam donkerder.
Een late badgast sjokte op blote voeten vermoeid door het rulle zand om even later, toen hij het houten vlonderpad bereikte, zijn sandalen aan te trekken en zijn weg te vervolgen naar een klein huis dat hij voor drie weken het zijne mocht noemen.

Ook Eelke was wat moe, maar tegelijkertijd ook tevreden. De zakken van zijn broek waren gevuld met muntstukken. Het was een goede dag geweest voor fooien.
De zomerweken waren druk geweest.
Nadat hij zijn diploma in ontvangst genomen had, had hij gesolliciteerd naar wat seizoenswerk bij Iemke en Aike die het strandpaviljoen "Wisselend Tij" runden, ergens tussen paal elf en twaalf bij Formerum aan zee. Het strandpaviljoen hoorde bij het strandhotel dat iets terug in de duinen verscholen lag. Een paar dagen later was hij in alle vroegte de Molenweg af gefietst. Zijn eerste werk die dag bestond uit het aanvegen van het grote terras. Na deze zware klus, waarbij het zweet al snel van zijn voorhoofd gutste, had hij de ramen moeten lappen van het omheinde terras. De eerste week van zijn vakantiebaan bestond voornamelijk uit vervelende karweitjes.

Nu was hij een volleerd ober die iedere gast bediende in zijn eigen taal.
Veel Duitse en Engelse gasten waren hiervan onder de indruk en drukten hun dankbaarheid uit in een flinke fooi.

Met een zwaar beladen dienblad liep hij het witgeschilderde paviljoen binnen en zette het blad op de bar waar deze meteen weggenomen werd door Aike die het naar de keuken bracht. Voor de laatste keer ontknoopte hij zijn schort en vouwde deze zorgvuldig op.

Even later kwam Aike weer uit de keuken en liep op hem toe. 'Zo Eelke, je laatste dag hier. Je hebt hard gewerkt deze zomer. Hier is het loon van deze week. Ik heb er meer in gedaan dan afgesproken omdat het de laatste week is en wij erg tevreden over je zijn. Volgend jaar kun je zo weer terugkomen. Je hoeft alleen maar te bellen.'

Hij pakte de enveloppe aan die in zijn uitgestoken hand lag. Aike kwam wat dichterbij en drukte hem de hand. 'Zul je voorzichtig zijn en niet in zeven sloten tegelijk lopen daar in Italië? Wanneer ga je trouwens weg? Was dat niet maandag? Ga je vliegen of neem je de trein?'

Eelke beantwoordde alle vragen plichtmatig.
Nu hij daar stond en al het werk gedaan was, voelde hij zich moe. De zon had de hele dag op zijn hoofd geschenen terwijl hij de gasten bediende, en hij had vast meer dan dertig kilometer loopwerk achter de kiezen, als het niet meer was. Hij wilde naar huis, douchen en naar bed. Morgen was het een drukke dag.

Hij bedankte Aike voor de goede tijd en vroeg hem Iemke en de rest van het team te groeten, waarna hij zich resoluut om-

draaide, zijn fiets pakte en het duin op liep. Boven aan het duin stapte hij op en liet zich in een steeds sneller tempo naar beneden rijden, de Molenweg af naar huis.
Overmorgen zou hij in het vliegtuig zitten op weg naar zijn vader die alweer enkele weken in Italië werkte en woonde.

De afgelopen tijd hadden ze bijna dagelijks contact gehad. Eerst via sms'jes die ze elkaar stuurden, en later via MSN. Soms ook hadden ze elkaar gebeld. Later was hij er via vrienden achter gekomen dat hij gratis met zijn vader via internet kon bellen. Hij had de site opgezocht en de benodigde software gedownload. Zijn laptop was al uitgerust met een speaker en microfoon. Hij mailde zijn vader en schreef hem via welke site ook hij de software kon downloaden. Een paar dagen later zaten ze iedere avond uren met elkaar te praten via het internet.

Zijn vader had hem verteld over zijn baan in *Perugia*. De eerste weken waren zwaar geweest. Ook daar, in dat deel van Italië was werkloosheid, en het was niet eenvoudig voor hem als buitenlander uit te leggen dat hij werkzaamheden verrichtte die niet door anderen gedaan konden worden omdat die anderen er eenvoudigweg niet waren. Het werk was te gespecialiseerd. In het appartement, dat zijn werkgever voor hem in Perugia gehuurd had, had hij slechts een week gewoond. Het beviel niet goed. Het appartement was in een industriewijk gesitueerd. Het stonk er vaak naar chemische middelen wat hem hoofdpijn bezorgde. Daarnaast was er altijd lawaai.
Tijdens een weekendrit met de auto in de omgeving was hij een moment gestopt in Cortona om daar de lunch te gebruiken. Volgens de reisgidsen moest het één van de oudste en mooiste stadjes van Toscane zijn.
De reisgidsen hadden niets te veel verteld. Nadat hij zijn auto iets buiten de stadsmuren geparkeerd had, vlakbij het kloos-

terkerkcomplex *San Agostino,* was hij de stad binnengelopen. Uren had hij genietend door de kleine stad geslenterd. Ontelbare trapsteegjes had hij bestegen, en evenzovele ook weer afgedaald om uiteindelijk een *cappuccino* te drinken op het centrale plein *Piazza della Republica.*

Tegenover het oude stadhuis zat hij lang op een terras. De tijd vergetend. Hij had er de lunch gebruikt en daarna genoten van de wijnen waarvan de druiven op de hellingen rondom de stad geplukt werden.

Toen hij zich voldoende uitgerust voelde en de *siësta* voorbij was, liep hij naar de *barbiere* en liet zich er scheren door een kleine oude man die het scheermes met flair hanteerde. Na de scheerbeurt kreeg zijn nek een ontspannende massage. De onophoudelijke woordenstroom van de barbier had hem vrolijk gemaakt.

Hij voelde zich hier thuis.

Met vernieuwde energie had hij daarna opnieuw door de smalle straatjes van de stad gelopen.

Op de *Via Chibellina,* een smalle zijtrapsteeg van de *Via Bacarelli,* bleef hij even staan toen zijn oog op een groot uithangbord viel dat aan het middeleeuwse hoekhuis bevestigd was. Het huis was te huur. Hij had met zijn mobiele telefoon het telefoonnummer gebeld dat op het bord vermeld stond. Niet veel later klonk het geknetter van een oude *Vespa* door de straat. Een jongeman gekleed in een donkerblauw pak zette zijn helm af, begroette hem uitvoerig en ontsloot de deur, onderwijl druk redenerend en gebarend waarna hij vader binnenliet. Ze liepen van kamer tot kamer. Nagenoeg het hele huis was gemeubileerd en kon voor maximaal een jaar gehuurd worden. De man in het donkerblauwe pak bleek zelf de eigenaar van de woning te zijn. Hij had de woning geërfd van zijn moeder die niet lang daarvoor overleden was, en kon nog geen afstand van het huis doen dat van generatie op generatie in de familie geweest was. Zelf

woonde hij iets buiten de stad in een oude verbouwde boerderij die hij een paar jaar eerder gekocht had.
Het huurcontract werd voor de maximale huurperiode getekend. Een snelle draadloze internetverbinding was voorwaarde voor de huur, en zou in de week erna worden aangesloten.
Het weekend erop verhuisde hij al zijn spulletjes naar Cortona. Het eerste wat hij installeerde, was zijn laptop die hij meteen inlogde op het internet waarop hij zijn zoon belde.

Eelke kon niet langer om het enthousiasme van zijn vader heen. Iedere avond opnieuw vertelde zijn vader hem over de oude stad, de gouden heuvels, de warme zon. Over het platte dakterras van zijn huis waar hij vaak zat te genieten in de avonden. Over de stilte die dan langzaam maar zeker steeds meer grip op de omgeving kreeg. Een enkele hond die ver weg ergens blafte, was het enige dat dan hoorbaar was. Een paar vuurvliegjes dwarrelden soms om zijn hoofd.

Eelke had nog steeds geen plannen voor een eventuele vervolgstudie. In ieder geval werd het niet iets met talen. Dat was iets dat zeker was. Hij had niets met talen, had er geen gevoel voor. Misschien zou het een exacte studie worden. Wellicht iets met techniek. Uiteindelijk was het vader zelf die hem over de streep trok om een aantal maanden naar Cortona te komen. Hij had dan alle tijd om een weloverwogen besluit te nemen over een eventuele vervolgstudie, en kon zich hierop met behulp van het internet voorbereiden.

Morgen zou hij de koffers pakken, het huis voor de laatste keer opruimen en de sleutels naar oom Jelle brengen die het huis en het chalet het komende seizoen in de verhuur zou zetten.
Overmorgen, tegen een uur of zes in de ochtend, zou hij opstaan en met de eerste boot die dag vertrekken naar Harlingen.

Vanuit Harlingen zou hij met de bus en de trein verder reizen naar Schiphol waar het vliegtuig naar Pisa in de middag zou vertrekken.
Zondag in de namiddag zou hij zijn vader weer zien waarna zij samen naar Cortona zouden reizen.
De stad waar hij een maand of negen zou gaan wonen.

Mimo

Ze liep de lange weg terug naar huis. Laura lag tegen haar schouder. Hoe dichter ze de kleine stad naderde, hoe vaker ze het kind had moeten tillen. De wandeling door de heuvels rondom het stadje was lang geweest, en Laura had haar middagdutje moeten missen. Nu droeg ze haar kind. Iedere stap die ze zette, leek haar kind zwaarder te worden.
Eindelijk bereikte ze de *Porta Bifora Etrusca,* de stadspoort waar ze deze morgen door naar buiten was gelopen om in de heuvels na te kunnen denken.
In het duister van de overkoepelde stadspoort bleef ze een moment staan om op adem te komen. Ze zocht een plaats om te zitten. Even nog wilde ze uitrusten. Ze had dorst, en wist dat haar huis niet ver meer was. Toch wilde ze uitrusten. Rusten om nog even te genieten van de blauwe luchten en de soms schreeuwende stilte van de namiddag. Het oude stadje en de golvende velden eromheen hadden na de korte lentebui de hele verdere dag liggen blakeren in de al warmer wordende voorjaarszon. De velden, nu nog groen en fris, zouden straks verschroeid en dor geel branden. Mechanisch aangedreven schoepen gooiden, voortbewogen door ossenwagens met grote ijzeren wielen het gemaaide gele gras omhoog om het nog beter te laten drogen voordat het bijeengebonden werd.
Eindeloze velden met zonnebloemen die alle hun kopjes omhoog hieven en de baan die de zon trok volgden, zouden straks deze dorre velden afwisselen. Roerloos zouden de zonnebloemen in de velden staan.

De wandelingen die zij met haar kind maakte, waren deze maanden een vast onderdeel geworden van haar leven. Het waren de enige uitjes die zij zichzelf permitteerde.

Haar leven werd meer en meer door Matteo bepaald, en speelde zich steeds meer af binnen de muren van haar huis aan de *Via Bacarelli*. Een gevangenis waaruit ze slechts eens per week durfde te ontsnappen.

Eerder die middag, terwijl ze schuilde in de oude boerderij voor de lentebui, was ze opgeschrikt door het geluid van brekend glas dat verder versplinterde onder de kleine voeten van haar dochter.
Even later voelde ze haar kind tegen haar been schurken. Laura zag omhoog naar haar moeder en keek een moment in haar lege ogen.
Ze tilde haar kind op en was de weg naar huis teruggelopen, heuvelafwaarts.
Heuvelafwaarts leek vaak makkelijker te zijn dan tegen de heuvel omhoogklimmen. Toch was iedere stap dichter naar huis zwaarder geweest dan de vorige.
Ze wist wat er thuis wachtte. Ze zou zich opnieuw opgesloten weten. Matteo zou niet dulden dat zij het huis verliet. Zelfs niet meer voor het halen van de dagelijkse boodschappen.
Mimo wilde dit niet meer. Ze kon dit niet langer meer aan.

Ze was gelukkig geweest toen ze Matteo leerde kennen.
De torenklok had juist verteld dat dit het heetste moment van de dag zou zijn. Twaalf uur. Tijd om te rusten en bij te praten met vader, moeder en de anderen. Ze had geen klant meer verwacht.
Hij was een knappe man. Ze kon zelfs door zijn werkkleding heen zijn goed geproportioneerde lichaam zien, en zag dat de

overall die hij droeg zich spande om zijn borst. Zijn donkere krullende haar en zijn twinkelende bruine ogen hadden haar betoverd die dag.
Zijn ogen hadden haar goedkeurend opgenomen. Een moment zelfs meende ze wellust in zijn ogen te herkennen, wat haar een weeïg gevoel bezorgde in haar lendenen.
Och, had hij die ogen maar dichtgehouden, dan hadden die ogen haar hart en lichaam niet in vuur en vlam kunnen zetten.

Toen hij haar later uitnodigde om de volgende zaterdagavond samen iets te gaan doen, had haar hart een slag overgeslagen. Nog niet eerder had een man haar mee uit gevraagd. Toch had ze getwijfeld, moest ze dit wel doen? Ze kende die man niet eens.
Ze kreeg het warm en voelde hoe zich zweetdruppeltjes op haar voorhoofd en de rug van haar neus vormden. Ze had deze willen wegvegen, maar deed dit niet. Hij had haar alleen maar aangekeken. Zijn donkere ogen boorden zich in die van haar en namen uiteindelijk alle twijfel uit haar weg.

Die zaterdagavond had ze zich extra mooi gemaakt. Haar moeder had zich hierover verwonderd, maar vroeg verder niets. Ze moet geweten hebben dat ze uitging. Al een paar dagen was ze afwezig en reageerde ze traag op vragen die haar moeder stelde.

Ook in het dorp en in de *Frutta e Verdura* gingen de dingen anders dan anders. De wijzers van de klok leken langzamer vooruit te gaan dan anders. De kerkklok liet later dan normaal haar stem horen om te vertellen dat het tijd was om de winkel af te sluiten en naar huis te gaan. Zelfs de klanten leken anders te zijn dan in de weken voor ze Matteo had leren kennen.
Matteo, iedere keer dat zij zijn naam in gedachten herhaalde,

deed haar borst een beetje zeer. Ze was verliefd. Voor de eerste keer in haar leven was ze verliefd.

Direct na de avondmis was ze naar het plein gelopen. Onder de platanen met hun gevlekte bast was ze op het bankje gaan zitten. Nog voor de klok zeven slagen sloeg, had ze Matteo al zien aankomen. Hij reed in een andere auto dan de week ervoor.
Hij was niet eens uitgestapt, maar had vanaf zijn plaats in de auto haar deur opengeduwd. Hij wenkte haar wat ongeduldig dat ze in moest stappen. Toen ze eenmaal naast hem zat en de deur sloot, trok hij meteen op, waarbij hij het gaspedaal zo diep indrukte dat de banden de kinderkopjes deden gillen.
Bijna een uur hadden ze door de heuvels gereden, om uiteindelijk in Cortona te stoppen.

Iets buiten de stadsmuren stapten ze uit.
Matteo had haar aangekeken en haar gecomplimenteerd. Hij vond haar mooi, zei hij. Haar halflange rok en roze truitje hadden als gegoten gezeten. Als een tweede huid. Ze had zijn ogen gevoeld die over haar lichaam gleden. Ze had dit niet onprettig gevonden en opnieuw voelde ze het weeïge gevoel in haar onderbuik.
Wie vindt het niet prettig bekoorlijk te zijn?

Al snel voelde zij zijn hand in de hare toen ze de stad binnenliepen. Hij vertelde haar dat dit zijn geboortestad was, waar hij altijd wilde blijven wonen. Daarbij keek hij haar even aan. Toen hij haar niet afkeurend zag kijken, vervolgde hij zijn verhaal, en praatte druk gesticulerend verder. Ze liepen verder tot ze uiteindelijk op het centrale plein van het stadje uit waren gekomen. Matteo zocht de schaduw op van een lange koepelgang, tegenover het *Palazzo Communale*, het oude stadhuis met zijn opvallende vierkante toren.

Gotische koepels lieten de stem van Matteo harder klinken. Ze vond zijn stem mooi, en genoot van zijn aanwezigheid, zijn drukke gebaren. Voorzichtig legde zij haar arm om zijn middel en drukte zich tegen hem aan. Hij had haar een moment aangekeken. Even boog hij zijn hoofd om een kus op haar lippen te drukken. Zij had haar ogen gesloten, en genoot van het moment. Het was precies zoals zij zich haar eerste kus voorgesteld had. De eerste lampen werden aangestoken in de donker wordende gang. De warmte van de ondergaande zon werd door de keitjes van het plein langzaam teruggegeven.

Matteo hield zijn pas in voor een eenvoudige *trattoria*, en riep de ober die hij blijkbaar kende.
'Un tavola per due persone, per favore,' riep hij met een stem die geen tegenspraak duldde.

De ober was voor hen uit gelopen naar een kleine tafel in de hoek van het terras.
Ze hadden er heerlijk gegeten, en te veel gedronken van de rode wijn waarvan, zo vertelde Matteo, de druiven geperst waren in een wijnpers die zijn vader ooit gemaakt had.

Ze was diep in de nacht thuisgebracht. Alle lichten in het ouderlijk huis in Assisi waren al gedoofd. Ze had haar sleutel niet in het sleutelgat kunnen krijgen en had daarbij gegiecheld. Uiteindelijk opende Matteo de deur voor haar. Voor de deur kuste hij haar opnieuw hartstochtelijk, zoals hij haar ook in de auto hartstochtelijk gekust had. Haar lichaam brandde. Ze wilde meer dan die kus en voelde dat Matteo dit ook wilde. Haar hoofd was echter traag. Alles draaide om haar heen. Nadat Matteo verwachtingsvol de deur voor haar had geopend, trok ze deze meteen weer achter zich dicht, Matteo alleen op straat achterlatend.

Zacht hoorde ze hem vloeken terwijl hij naar zijn auto was gelopen. Opnieuw gilden de kinderkopjes. Kinderkopjes die al zo veel eeuwen de voeten van ontelbare mensen hadden gedragen, en niet konden wennen aan hun soms onredelijke woede.

Iedere zaterdagavond had ze die zomer daar gestaan. Onder de platanen met hun groen gevlekte basten. Hun ritjes door de heuvels werden steeds korter. Zodra Matteo zijn auto door de *Porta Nuova* van Assisi had gemanoeuvreerd, reed hij de heuvels in om niet veel later op een stille plek de auto te parkeren. Vanaf de achterbank pakte hij de plaid en drapeerde deze zorgvuldig in het lange gele gras. Eindeloze keren bedreven ze de liefde. Zacht fluisterde hij zoete woorden in haar oor.
Ze hield van deze man en zou altijd bij hem willen blijven.

Laura, die nog steeds op Mimo's schouder lag, was wakker geworden en rekte zich behaaglijk uit.
Ze kroop van de schoot van haar moeder en drentelde heen en weer in de overkoepelde stadspoort.
Toen ze een stokje vond, ging ze op haar hurken zitten, haar voetjes plat op de grond. Ze tekende zwijgzaam figuren in de droge aarde.
Mimo stond vermoeid op en riep haar kind.
Laura stond met haar rug naar haar toe en reageerde niet op haar roepen.
Uiteindelijk tikte ze Laura op haar rug en stak haar hand uit naar het kind. Laura keek haar aan. Haar groenbruine ogen stonden vragend.

'Ik moet het papa straks vertellen, Laura. Ik moet hem vertellen dat jij niet kunt horen, en daardoor ook niet kunt praten.'

Laura keek haar moeder met grote vragende ogen aan. Toen glimlachte ze naar haar moeder.
Een vermoeide glimlach krulde heel even de mondhoeken van Mimo omhoog. Ze streelde de wang van haar dochter en kuste haar voorhoofd.

Ze kende haar man.
Ze wist hoe Matteo zou reageren op het nieuws dat ze niet langer voor hem verbergen kon.

Cortona

De *Libeccio* had plaatsgemaakt voor de *Maestrale,* de harde zomerwind, die op zijn beurt weer plaats moest maken voor de regenbrengende *Poneute*. Uiteindelijk woei de koude *Tramontane,* komende vanuit de Alpen, over de stad.
De *La Republica* die de hele zomer voor de *edicola* en de *libreria,* de kiosk en de boekenwinkel, in rekken buiten had gestaan, woei soms weg door de smalle straten waarna de rekken naar binnen werden gehaald.

De toeristen verdwenen uit de kleine stad en de rust keerde terug binnen de oude Etruskische muren. De oudere bewoners van de huizen in de smalle trapsteegjes hielden zich krampachtig vast aan de leuningen die de smalle trapstegen sierden. Regenbuien hadden het plaveisel glad gemaakt.
Vaak hing er een nevel over de nu kale en stekelige velden als een waterige najaars- of winterzon de natte velden probeerde te drogen.

Nog altijd lag Cortona tegen een heuvelflank, ergens in de provincie Arezzo, en keek de stad uit over het Tiberdal.
Meer dan zesentwintig eeuwen had de oude stad meegemaakt. En in al die eeuwen was er veel onrecht gebeurd binnen de muren van de stad, ja zelfs binnen de muren van de vele kerken in de stad.

De huizen hadden zwijgend geluisterd naar het gevloek van

Matteo toen hij hoorde dat zijn dochter doof was.
Een achterlijk kind dat nooit zou kunnen horen. Hij had zijn vrouw geslagen tot zij op de grond viel.
De vensters en de poorten hadden gezien hoe Mimo door deze wrede man daarna in haar buik werd geschopt, waarna ze als levenloos bleef liggen.
Vanuit haar kruis kleurde haar witte broek rood.

De donkere rots die al eeuwenlang het fundament van de stad vormde, had gevoeld hoe een klein kind van nauwelijks drie jaar oud in een kast werd gegooid.

Dagenlang had het kind gehuild en geschreeuwd.
Steeds zachter.
Vreemde klanken kwamen uit de mond van dit kind tot het uiteindelijk stil werd in de kast waarin het opgesloten was.

De huizen van de stad hadden geluisterd, maar niets gezegd.
De vensters en de poorten hadden gezien, maar er niets mee gedaan.
De oude fundamenten hadden gevoeld, en gezwegen.
Zesentwintig eeuwen onrecht had hen murw gemaakt.
Doof.
Doof en stom.

Toen het voorjaar kwam en de *Levante* warme lucht aanvoerde uit het oosten, en de winter plaatsmaakte voor de lente, was er iets veranderd in het huis aan de *Via Bacarelli.*
Het was er stil.
Alleen Matteo vloekte soms luid als hij niet datgene kreeg waar hij zijn zinnen op had gezet.

En opnieuw verjoeg de koude noordenwind de zomerwind, en

opnieuw veranderde Cortona van een mooie toeristenstad in een uitgestorven Zuid-Italiaans stadje, ergens op de rand van Toscane en Umbrië.

Laura

De kast was niet groot.
Midden in het huis was de woonkamer gesitueerd. In de hoek van de woonkamer was een ingemetselde kleine voorraadkast.
Een meter breed.
Een meter lang, en zo hoog als de kamer.
Op een meter hoogte vanaf de grond tot aan de bovenzijde van de kast waren planken getimmerd.
Boven in de kast hing een peertje dat automatisch ging branden als de deur, die van buitenaf geopend kon worden, openging.
Onder de laagste plank lag het kleine kind.
De eerste dagen lag ze op de houten vloer. Later, toen haar schorre hoesten zelfs Matteo ineen deed krimpen, beval hij zijn vrouw een matras op de grond te leggen, waarna hij de kast opnieuw afsloot.
Driemaal per dag mocht het meisje een paar minuten uit de kast. Ze liep dan naar het toilet. Haar ogen beschermend tegen het felle licht.

Haar eten kreeg ze in een schaal.
Water uit een stenen kruik.

Naarmate de jaren verstreken werd de gang naar het toilet moeizamer.
De kast was klein.
Het lichaam van Laura groeide.

Eerst kon ze nog diagonaal in de kast liggen, maar later moest ze krom gaan liggen.
Haar rug gebogen.

De eerste weken huilde ze veel. Daarna werd het stil.
Ze voelde zich alleen en door haar moeder verlaten.
Mimo's lippen hadden bewogen toen ze voor Matteo had gestaan.
Waarom begreep Laura niet.

Dat Mimo haar man vertelde wat ze niet langer voor hem verborgen kon houden, wist Laura niet.
Zo veel wist ze niet.

Vlak voor ze in de kast gegooid werd, zag ze hoe haar vader Mimo sloeg.
Zij zag hoe haar moeder geslagen en geschopt werd tot ze stil in een hoek van de kamer lag. Haar ogen zagen, maar in haar hoofd was het stil geweest. Alleen het eeuwige suizen hoorde ze. Niets dan het suizen.
Toen haar moeder stil in de hoek van de kamer lag, was Laura op haar moeder af gerend, en omarmde ze haar met haar kleine armen. Ze schudde Mimo heen en weer alsof ze haar wakker wilde maken. Toen haar moeder niet bewoog, keek ze naar Matteo wiens ogen nog altijd vol haat stonden.

Nog was zijn woede niet geblust.
Nog was zijn geest met haat vervuld.
Duizenden duistere schaduwen woonden in zijn geest en regeerden deze zoals ze al meer dan twintig jaar zijn geest regeerden.

Matteo

Toen Laura in huilen was uitgebarsten, laaide zijn woede opnieuw op. Duizenden stemmen hadden als krankzinnigen door zijn hoofd geraasd en hadden hem toegegild.

Hij keek haar aan en zag haar angstige ogen.
Angst. Hij kon niet tegen angst. Hij verachtte angst en hij verachtte mensen die angst vertoonden.
Hij verachtte alle mensen.
Niemand zag hoe intelligent hij was.
Niemand bemerkte zijn superioriteit.
Alle mensen waren dom.
Hij haatte domme mensen.
Domme en angstige mensen haatte hij boven alles.
Matteo was opgestaan uit zijn stoel waarin hij uitrustte.
Het slaan en trappen van zijn vrouw had hem meer energie gekost dan hij wilde toegeven, maar nu hij het angstige kind zag, richtte hij zich opnieuw op.
Hij liep op Laura toe, pakte haar op en sloeg haar met zijn vuist op haar neus die opensprong. Haar bloed liep langs zijn vuist en over zijn gezicht. Hij schrok van het bloed en keek naar het kind dat als levenloos in zijn armen lag.
Hij keek om zich heen. Zijn blik bleef een moment op de kast rusten, waarna hij deze opende.
Even aarzelde hij nog. Toen legde hij het kind op de grond in de kast, sloot de deur, en stak de sleutel in de zak van zijn overall.

Daarna pakte hij Mimo op, tilde de fragiele vrouw de trap op en legde haar op bed.

Even later, nadat hij zich had gedoucht en omgekleed, verliet hij het huis, de deur vergrendelend.

Bij de *tabacchi* kocht hij een pakje Marlboro en een doosje lucifers en stak meteen een sigaret op. De eigenaar van de tabakswinkel had iets tegen hem gezegd, maar hij had er verder geen aandacht aan geschonken.
Hij was hongerig en liep naar de *tavola calda,* de snackbar aan de *Via Nazionale,* de enige vlakke straat van het stadje.
Terwijl hij wat te drinken bestelde en de *frittata,* de omelet naar binnen schrokte, bedacht hij zijn plan.
Hij wilde dit kind niet meer.
Dit achterlijke kind. Hoe kon hij zichzelf van haar verlossen?
Het kind moest dood.

Eelke

Het was stil op het platte dak.
Vreemd stil.
Er klonk hier geen geluid van klotsend water of het ruisen van de branding. Geen meeuw die hier krijste.
Alleen de stilte riep zoals hij niet eerder gehoord had.

Eelke zat met zijn geopende laptop op schoot. Hij had zojuist een mailtje gestuurd naar Famke. De draadloze internetverbinding die zijn vader liet installeren, had meteen gefunctioneerd nadat hij enkele instellingen in zijn computer gewijzigd had. Nu keek hij wat wezenloos voor zich uit. Zijn lichaam was vermoeid. Zijn geest was dit echter niet.
De drukte van de dag lag dan wel achter hem, toch kon hij zich moeilijk ontspannen. De adrenaline golfde nog steeds na in zijn lijf en maakte dat alle vezels in zijn lijf gespannen waren.

Hij sloot de laptop en legde deze op de bank naast zich. Zijn vader, die even daarvoor nog naast hem zat, had zich verontschuldigd en was naar bed gegaan.
Hij moest morgenvroeg om zes uur beginnen in Perugia en dus om een uur of half vijf opstaan.

Eelke pakte het half volle flesje bier dat naast de bank op de grond stond en nam een slok.
Het bier was lauw geworden.
De avond was warm. Het was al over elven en toch was de

warmte van de dag nog voelbaar op het dakterras. Een zwoele zucht wind streek door zijn lange blonde haar.
Hij keek naar de stad die langzaam afliep naar beneden. Steeds meer lichtjes gingen uit. Steeds meer mensen zochten hun bed op.
Even later gleed zijn blik omhoog. Steeds meer lichten aan het firmament leken te ontwaken.
Of kon de lichter wordende hemel te maken hebben met de dieper wordende duisternis van de stad?

Hoe dieper het aardse duister, des te meer licht aan de hemel?
Eelke glimlachte kort om deze gedachte. Het beeld dat hij met deze gedachte opriep, beviel hem.
Hoe meer duisternis op aarde…

Hij kon nog niet slapen. De vele indrukken die hij deze dag had opgedaan, moesten eerst verwerkt worden voor de slaap zou willen komen.
Hij nam nog een slok van het bier, proefde het lauwe vocht op zijn tong waarna hij het uitspuugde en de resterende inhoud van het flesje leeggooide in het grind.

Hij was die morgen vroeg uit bed gestapt.
Nagenoeg de hele nacht had hij wakker gelegen, bang zich te verslapen, de wekker niet te horen.
Al ver voor zessen was hij opgestaan en opende hij het rolgordijn van zijn zolderkamer.
De ochtendschemering maakte langzaam plaats voor een nieuwe dag. Een enkele merel floot al een vrolijk lied in de dakgoot iets beneden hem.
Hij keek uit het zolderraam en zag de contouren van het Formerumer Bos zichtbaar worden door de ochtendnevel. Daarachter lag het brede duin dat bescherming bood tegen de soms hoge zeeën.

Hij zou het allemaal moeten missen. Meer dan negen maanden zou hij de zee niet zien. Meer dan negen maanden zou hij in een vreemde stad wonen, in een vreemd land. Een stad, zo had hij inmiddels uitgedokterd met behulp van het internet, die ouder was dan de jaartelling en die ontelbare oorlogen meegemaakt had. De oude muur, ooit gebouwd door de Etrusken, omspande de stad nog steeds al was hij in vervallen staat. Bescherming bood het immers allang niet meer.

Bijna een jaar lang zou hij het geraas van de branding niet horen. Het gekrijs van meeuwen zou niet klinken om het huis. In plaats daarvan zou hij in een stoffig steegje wonen waarvan het huis alleen bereikbaar was door het beklimmen van meer dan driehonderd treden.

Nadat hij zich gedoucht had, was hij nog eenmaal het huis en het chalet door gelopen. De avond ervoor had hij over de meeste meubels in huis een laken gedrapeerd om het tegen stof te beschermen. Het chalet was al eerder door hem gereedgemaakt voor de verhuur in de nazomer en herfst.

Uiteindelijk verplaatste hij de twee koffers die in de gang stonden naar de voortuin. Daar stond hij een moment besluiteloos.

Hij voelde zich bekeken. Zijn blik gleed omhoog. Het gordijn van Famkes kamer bewoog een moment waarna haar slaapkamerraam geopend werd.
Famke keek Eelke met lodderige blik aan en wreef met haar linkerhand de slaap uit haar ogen.
Met haar rechterhand maakte ze enkele slordige gebaren die hij niet herkende en dus niet verstond.
De afgelopen jaren had hij veel gebarentaal opgepikt. De Nederlandse gebarentaal was niet echt moeilijk als je je verstand

erbij gebruikte. Veel gebaren waren op logica gebaseerd.
Eelke gebaarde met vragende handen waarbij zijn mond en ogen ook vertelden dat hij haar niet begreep.
'Zul je aan mij denken als je in Italië bent? En zul je mij iedere week mailen en wat foto's sturen?' gebaarde ze nu met verbazingwekkende snelheid maar duidelijker verstaanbaar met haar beide handen.
'Dan moet je wel iedere week naar West om even je mail te lezen, Famke. Of krijg je een computer van je ouders op je verjaardag?' antwoordde Eelke, overdreven met mond en handen articulerend.
Famke knikte even, in het midden latend voor welke vraag deze bevestiging gold. Daarna stak ze even haar hand omhoog en maakte een gebaar waaruit Eelke begreep dat ze weer ging slapen, en verdween achter het gesloten gordijn.

Hij draaide zich om en was naar het veenbessenbedrijf gelopen waar oom Jelle hem stond op te wachten.
Even later verdwenen zijn koffers in Jelles kofferbak, en reden ze zwijgzaam naar West.
Toen de boot De Kom uit voer, en de havenhoofden achter zich liet, had hij een brok in zijn keel. De hele weg naar Schiphol bracht hij zwijgend achter het raam van de trein door. Zijn ogen hadden het voorbijschietende landschap niet opgemerkt. Pas toen de trein de donkere tunnel van Schiphol in reed, was hij tot zijn positieven gekomen.
Op Schiphol slenterde hij doelloos langs de vele winkeltjes. Veel te vroeg was hij aangekomen bij de D-pier. Enkele maanden terug had hij via het internet een goedkope vlucht geboekt bij een Engelse prijsvechter. De te betalen luchthavenbelasting was hoger geweest dan de prijs van het ticket naar Pisa.

Vader stond hem op te wachten en zwaaide enthousiast toen hij

de beveiligde zone uit liep van *Aeroporto di Pisa San Giusto*.
Hij was blij geweest zijn vader te zien en constateerde meteen dat deze er goed uitzag. Op de luchthaven dronken ze een snelle *espresso*, waarna ze de snelweg op doken, richting Siena.
Enkele uren later had vader hem trots rondgeleid door het huis dat hij huurde aan de *Via Chibellina* en dat hij een klein jaar het zijne mocht noemen.

Ze aten in de oude binnenstad. Voedsel dat hij niet eerder geproefd had. Toscaanse antipasti. Artisjokken met gekruide olijfolie en lente-uitjes, citroensap en wat peterselie, en heerlijke pittige kazen als dessert. Toen de ober de bestelling kwam opnemen, had vader gezegd dat ze verrast wilden worden. En dat waren ze.

De stad beviel hem. Er hing een ontspannen sfeer. Het was er gemoedelijk.

Eelke stond op van de bank en liep naar de balustrade die het terras omheinde. Zijn ellebogen rustten op het verweerde hout terwijl hij de stad opnieuw in zich opnam. Eindelijk voelde hij zich ontspannen.
Een lome vermoeidheid maakte zich van hem meester.
Een hond blafte in de verte. De echo van zijn geblaf weerkaatste eenmaal tegen de heuvel waarna het stil werd. De stilte had nu helemaal bezit van de stad genomen.

Zijn ogen werden zwaar.
Hij haalde zijn ellebogen van de balustrade terwijl hij rechtop ging staan en zich uitrekte.

In het huis tegenover hem, aan de *Via Bacarelli*, ging een deur open die toegang verschafte tot het platte dak. Hij zag een

vrouw naar buiten komen. Het was donker en hij kon niet goed zien hoe oud ze was.
Ze droeg iets of ondersteunde iets maar hij zag niet wat dit was.

Eelke gaapte en rekte zich uit.
Een moment sloot hij zijn ogen terwijl zijn blik omhoog gericht was.
Toen hij zijn ogen opende, leken de sterren aan de hemel zich te hebben vermenigvuldigd.
Hij voelde zich gelukkig. Alsof er iets in zijn aanwezigheid verkeerde wat hij niet eerder waargenomen had.
Een zucht avondwind speelde met zijn haar, streelde zijn wangen.
Hij hoorde iemand zijn naam noemen.

De wind

In de zwoele avond speelde hij met de lavendel die in enkele terracotta potten stond op de dakterrassen en balkons die de stad sierden. Toen hij verder trok, nam hij de geuren mee die de bloesem had losgelaten.
Even later vond hij een oude hazelaar die hij aarzelend beroerde.
De oude vijgenbomen en olijfbomen die in de achtertuin stonden van het smalle huis aan de *Via Bacarelli* nummer twee, kuste hij vluchtig.
Nog steeds droegen deze bomen vrucht. Al eeuwen lang. Met eerbied wilde hij deze bomen aanraken.
Met eerbied en respect.
Hij speelde even met het blonde haar van een jongeman die mijmerend uitkeek over de stad, leunend tegen de balustrade van een dakterras.

Lang had hij gewacht op het openen van de deur van het dakterras aan de *Via Bacarelli*.
Toen het kind naar buiten kwam, ondersteund door haar moeder, had hij gewacht tot de moeder zich terugtrok.
Daarna speelde hij met het meisje zoals ze zo vaak samen speelden.
Ze speelden hun eenvoudige spel. Het spel van de naar de hemel gerichte handen en de gespreide vingers.
Dan beroerde hij voorzichtig haar haar, en streelde zacht haar wangen.

Hij hield van het meisje, en zag dat zij zich ontwikkelde tot jonge vrouw.

De wind kende slechts één doel: het bekoren van dit kind dat zo weinig geluk kende.

Deel 2

Licht

Mimo

Midden in de nacht kwam ze tot bewustzijn.
Haar hoofd bonsde.
Het leek alsof er een leger mijnwerkers met grote pneumatische klophamers in haar hoofd aan het werk waren.
Mimo probeerde haar ogen te openen, maar merkte dat dit niet lukte. Bloed dat van haar voorhoofd in haar ogen was gelopen, was gestold en had de oogleden vastgeplakt. Na enkele pogingen haar oogleden te ontdoen van de korsten, liet ze haar handen moedeloos op de dekens terugvallen.
Vanuit haar onderbuik voelde ze een weeïge, misselijk makende pijn. Ze draaide haar hoofd opzij en gaf over.
Haar hoofd leek na de inspanning van het overgeven te ontploffen.
Een zurige lucht doordrong de kamer.
Opnieuw kokhalsde ze, en opnieuw gaf ze over.
Ditmaal alleen wat gal.

Ondanks haar heftige hoofdpijn probeerde ze na te denken over wat er gebeurd was.
Hoelang lag ze hier al?
Hoelang was ze bewusteloos geweest?
Was ze slechts enkele uren buiten bewustzijn geweest? Of had dit langer dan een dag geduurd?
Ze probeerde door haar gesloten oogleden heen te kijken, en merkte dat de duisternis compleet was.
Het moest nacht zijn.

De eerste nacht na de ruzie met Matteo?

Dorst, ze had dorst. Ze moest beneden bij de kraan in de keuken zien te komen om wat te drinken en om haar ogen schoon te wassen zodat ze weer zou kunnen zien.
Voorzichtig probeerde ze haar benen te bewegen.
Haar onderlichaam stuurde miljarden pijnsignalen naar haar hersenen die op datzelfde moment uit elkaar leken te barsten.
Zo veel pijn kon haar geest niet verdragen.
Opnieuw zakte ze weg in de barmhartige pijnloosheid van een zwarte wereld.

Uren later ontwaakte ze.
Nog steeds kon ze haar ogen niet openen. En nog steeds leek de duisternis door haar gesloten oogleden intens.
Zo intens dat ze wist dat het nog steeds nacht moest zijn.

Stil lag ze op bed te luisteren naar de geluiden van de nacht.
Een hond blafte in de verte. Het geluid van een scooter kwam van ver weg.
In huis was het stil.

Ze deed geen moeite om op te staan. Eens zou Matteo thuiskomen. Huilend zou hij dan aan haar voeten staan om haar te vertellen dat het hem zo speet.
Hoe vaak had ze dit niet al meegemaakt met hem? Hoe vaak had hij haar niet geslagen? Vaak was het niet meer dan een enkele slag in haar gezicht. Meestal met zijn vlakke hand zodat zijn mishandeling geen sporen zou achterlaten.
Hij was slim.
Zo erg als deze keer was het nog niet eerder geweest.
Zo erg zou het ook niet meer worden. Ze zou vluchten. Samen met haar kind zou ze deze gevangenis ontvluchten. Ze zou sa-

men met Laura teruggaan naar de veiligheid van haar ouderlijk huis in Assisi.
De heilige stad.
In gedachten zag ze de stad voor zich liggen.
Blakend in de zon lag de even hoge als brede witte stad, die in kunstige terrassen was aangelegd tegen de helling van de *Subasio*, te wachten op de pelgrims die iedere dag opnieuw de stad bevolkten.

Plotseling spitste ze haar oren. Ze hief haar hoofd een klein stukje omhoog om beter te kunnen luisteren.
Van ver weg klonk gehuil.
Klaaglijk en woordeloos huilen van een kind dat bang leek te zijn.
Ze herkende de vreemde klanken van het huilende kind en wist dat dit huilen van Laura afkomstig was.

Met meer kracht dan even daarvoor, trok ze met haar beide handen aan haar oogleden. Nog steeds zonder resultaat. Ze spuwde in haar hand en maakte met het speeksel het harde gestolde bloed opnieuw vloeibaar. Even later knipperde ze met haar ogen en staarde ze naar het plafond.
De gordijnen van de slaapkamer waren niet gesloten. Het heldere licht van de bijna volle maan scheen ongehinderd naar binnen.
Mimo drukte haar ellebogen in het matras en probeerde zich op te richten. De pijn in haar onderlichaam was zo hevig dat ze terugzakte.
Opnieuw klonk het huilen van haar kind.
Zachter ditmaal. Alsof het kind begreep dat het niet gehoord werd.

Hoelang had Laura gehuild? Een paar uur? Een dag? Een paar

dagen? Hoelang was haar kind al beneden en lag zij boven op bed?
Ze moest naar beneden.

Met alle kracht die in haar was, zette ze haar benen naast het bed. Haar blote voeten raakten de grond. Ze keek naar haar voeten waarbij haar blik op haar witte broek viel. Vanuit haar kruis was haar broek roodgekleurd. Het bloed was daar nog helder en niet gestold. Ze keek over haar schouder naar de dekens waar ze op gelegen had en zag dat de dekens ook bevuild waren.
Hoeveel bloed had ze verloren?
Ze herinnerde zich dat ze al drie maanden niet gemenstrueerd had. Dat was voor haar niet uitzonderlijk. Ze had een onregelmatige cyclus. Diep van binnen echter had ze geweten dat ze zwanger was. Ze had het komende weekend een test willen kopen bij de *Farmacia* om zeker te zijn van haar eventuele zwangerschap.
Dat hoefde niet meer.

Opnieuw golfde de misselijkheid door haar heen. Ze hield een hand voor haar mond maar kon niet voorkomen dat ze opnieuw gal overgaf.
Radeloos zat ze zo een paar minuten op de rand van haar bed.
Het zachte, nu bijna onhoorbare huilen van haar kind bracht haar opnieuw bij haar positieven.
Ze stond op, met haar hand steun zoekend tegen de schuin aflopende zoldering van de kamer.
Wankelend liep ze naar de deur en opende deze. Op de overloop liet ze zich op de bovenste trede van de trap zakken. Tree voor tree zakte ze zo zittend de trap af.
Iedere trede die ze verder naar beneden zakte, bracht haar dichter bij haar kind dat inmiddels niet meer huilde.

Even later stond ze in de donkere kamer. Ze liep naar het venster en opende het raam. Te hard gooide ze de luiken open waardoor deze met een klap de buitenmuur raakten. Het lawaai dat dit veroorzaakte in de stilte van de nacht liet haar schrikken. Maanlicht stroomde de kamer in.
Ze keek om zich heen. Waar was haar kind? Waar was Laura?

'Laura, waar ben je?' riep ze zacht.
'Laura, waar ben je? Mama is hier. Alles komt goed. Laat me weten waar je bent, Laura.'
Steeds harder was ze gaan roepen. Ze was niet langer bang gehoord te worden door Matteo. Het interesseerde haar niet meer. Hij kon haar niet veel langer pijnigen. Ze zou het huis samen met haar dochter ontvluchten.
Waar was Matteo overigens?

Na minuten te hebben geroepen, realiseerde Mimo zich dat haar dochter haar stem niet kon horen. Laura was doof. Niet slechthorend, maar doof. Zover zij bepalen kon, bereikte geen enkel geluid de hersenen van haar kind.

Radeloos keek Mimo om zich heen waarbij haar blik even langs de kastdeur gleed.
De kast was afgesloten. Iets dat anders nooit het geval was. Het was maar een provisiekast. Een kast waar voedsel in werd opgeslagen, de dagelijkse boodschappen, wat serviesgoed. Er lag niets in die kast wat verborgen hoefde te zijn, waarvoor deze afgesloten hoefde te worden.
Waarom was die kast gesloten? En waar was de sleutel?
Mimo liep op de kast toe en trok aan de deurkruk. Toen ze voelde dat deze niet meegaf, wist ze in haar hart dat ze de plaats gevonden had waar haar kind verborgen moest zijn.
Ze zakte op haar knieën en begon tegen de deur te bonken in de

hoop dat haar kind zou weten dat er naar haar gezocht werd.
Opnieuw hoorde ze het huilen van haar kind.
Laura had het trillen van de deur onder haar moeders slagen gevoeld.

Mimo legde haar handen tegen de buitenzijde van de deur en huilde.
Laura's handen waren aan de binnenzijde van de deur terwijl ze op de grond lag. Ook zij huilde.

Uren later ging de voordeur open.
Nadat Matteo de schakelaar van het licht om had gezet, zag hij zijn vrouw voor de deur van de kast liggen.
Ze opende juist haar ogen.
Hij keek in haar gezicht en zag het resultaat van zijn woede die hij uren daarvoor op haar had botgevierd.
Zijn adem stonk.
Hij verkruimelde de peuk van zijn sigaret tussen zijn duim en wijsvinger en gooide de losse tabaksresten buiten op de stoep waarna hij de buitendeur sloot.
Daarna liep hij op zijn vrouw toe.
Op zijn knieën zat hij voor haar terwijl hij haar met zijn rooddoorlopen ogen aankeek.

'Het spijt me zo. Ik had dit nooit mogen doen,' hoorde ze hem met huilerige stem zeggen.
Ze walgde van zijn stem. Hoe vaak had ze dit al niet gehoord?

Mimo sloot haar ogen.
Ze wilde weg.
Terug naar Assisi. De stad waar ze gelukkig was geweest. De stad waar San Francesco had geleefd.

'Ik wil van Hem getuigen, als het moet met woorden', had Francesco gezegd.

God, waar was die God waar Francesco zo'n heilig geloof in had gehad?
Met haar ogen gesloten sprak haar ziel een woordeloos gebed uit.
'God, waar bent u? Hoe kan ik van u getuigen als ik niet eens weet waar u bent? Als ik niet eens weet wie u bent.'

De man

Het schemerde buiten.
Vanuit het oosten kleurde de lucht langzaam roze.
De vogels die de nacht op veilige hoogte in de bomen hadden doorgebracht, werden wakker en vertelden de stad met hun gekwetter dat een nieuwe dag aangebroken was.
Een haan kraaide. De kippen kwamen van hun stok af, en drentelden ongedurig heen en weer, wachtend op wat zonnebloempitten en maïs die straks op de grond zouden worden gestrooid.
De koeien die de nacht op de velden in de heuvels hadden doorgebracht, liepen naar de kleine boerderijen. Ze loeiden en wilden gemolken worden.
Op een met cipressen omzoomd zandpad liep een man.
In zijn ogen lag het verdriet van de wereld besloten.
Er was zo veel meer in zijn ogen te lezen: de vreugde van zijn toekomst blonk uit boven het verdriet van het heden.
Hij hoorde de woordeloze stem van de vrouw in het huis aan de *Via Bacarelli.*
Zijn ogen richtten zich omhoog. Zijn lippen prevelden zachte woorden.

De wind die met de donkere pijnbomen speelde, liet de bomen los.
Bijna onmerkbaar keerde hij zich om. Even bewoog hij het haar van de man waarna hij zich omdraaide en naar de stad trok.

Famke

Het regende.
Famke zat op haar kamertje en keek uit het raam waar natte druppels hun weg naar beneden zochten.
Ze verveelde zich. Ze miste Eelke. Ze miste het contact dat ze hadden in de weekenden. Eelke begreep haar altijd, al sprak hij niet zo goed in gebaren als haar ouders, broer en zus en de jongeren in haar klas op school. Dat hij de gebaren niet goed beheerste, maakte haar niet veel uit. Ze kon zijn spraak goed afzien. Hij articuleerde zijn woorden duidelijk met zijn lippen en zijn lichaamstaal waardoor er zelden sprake was van misverstanden tussen hen.

Famke was een jaar of twee toen haar ouders merkten dat Famke niet reageerde op geluiden. Veel later dan de gebruikelijke leeftijd waarop bij baby's vastgesteld wordt dat er sprake is van slechthorendheid of doofheid.
Op het zuigelingenbureau waar Famke als baby met enige regelmaat door een arts gezien werd, werden wel testen gedaan om te zien of de baby, en later de peuter, beschikte over een goed gehoor.
De arts ging dan achter de baby staan en klapte luid met haar handen. Famke reageerde hierop door zich nieuwsgierig om te draaien.
Pas later, veel later, toen haar ouders merkten dat ze niet reageerde op geluiden als het kind hun gezicht niet zien kon, kwam de huisarts erachter dat de baby niet het geluid van het

handenklappen had gehoord, maar de luchtverplaatsing moet hebben gevoeld die dit klappen teweegbracht.
Vanaf dat ogenblik namen Famkes ouders een ingrijpende beslissing.
Het hele gezin, dat inmiddels bestond uit drie kinderen, waarvan Famke de jongste was, moest de Nederlandse gebarentaal leren.
Geen gesproken taal, maar een visuele taal.
Een taal die niet via het gehoor tot zich genomen behoeft te worden, maar die via het oog te verstaan is.
Alleen door het leren spreken en luisteren in gebaren zou hun jongste kind volwaardig kunnen functioneren in de maatschappij, zo meenden zij.

De eerste jaren waren voor Famke en het gezin niet gemakkelijk. Normaal krijgen dove of slechthorende kinderen en hun omgeving vanaf de leeftijd van een jaar onderricht in de gebarentaal. Bij Famke dus veel later.

De eerste jaren nadat totale doofheid bij het kind was geconstateerd, kwam dagelijks een begeleidster naar Formerum om het hele gezin de technieken van deze voor hen nieuwe taal aan te leren.
Vanaf haar vierde tot haar zesde jaar kleuterde Famke op een basisschool voor horenden in Formerum. Iedere dag liep ze samen met haar begeleidster naar school.

Toen Famke zes jaar oud werd, besloten haar ouders dat het beter was dat hun jongste naar een speciale school ging, de school voor doven en slechthorenden in Haren, niet ver van Groningen.
Ook het vervolgonderwijs voor havo werd hier door Famke gevolgd. Doordeweeks woonde ze in het internaat dat aan de

school verbonden was. In de weekenden was ze thuis, bij haar ouders en broer en zus.

Al haar dove en slechthorende vrienden waren ver weg. En Eelke woonde alweer lange maanden in Italië, bij zijn vader. Iedere dag stuurde hij haar een mailtje, dat ze meestal direct beantwoordde op school waar voldoende computers stonden die de hele dag online waren. In het weekend moest ze helemaal naar West fietsen om daar in het internetcafé een poosje te kunnen chatten met vrienden en te mailen met Eelke.
Het leefgeld dat ze van haar ouders kreeg, ging de laatste tijd voor een deel op in het internetcafé.
Waarom begrepen haar ouders niet dat mailen en chatten voor een doof kind net zo belangrijk was als telefoneren voor een horende?
Haar vader had beloofd een computer te kopen van het vakantiegeld dat hij zou krijgen.
Nog een paar weken, dan was het zover.

Ze keek op haar horloge.
Bijna twaalf uur.
Zo meteen zou het waarschuwingssysteem op haar kamer flitsen, om haar met een lichtsignaal te vertellen dat het eten klaar was. Na het eten wilde ze het lange pad af fietsen naar West om in het café haar vrienden weer virtueel te ontmoeten.
Ze verlangde ernaar Eelke te spreken. Ze had hem zo veel te vertellen.

Laura

Ze voelde dat haar moeder aan de andere zijde van de deur moest zijn. Met hese en overslaande stem huilde ze opnieuw zoals ze al zo veel uren gehuild had.
Het was donker in de kast. Ze had niets kunnen zien dan alleen de smalle streep licht die onder de deur door scheen en wat licht gaf.
Haar neus brandde en deed veel pijn. Op haar wangen zat gestold bloed.
Later, toen haar stem steeds meer pijn deed van het huilen, was de streep licht onder de deur minder helder geworden. Toen was ze vermoeid in slaap gevallen. Veel later ontwaakte ze. Nog steeds was het donker geweest in de kleine ruimte.
Koud ook. Ze lag op de houten vloer van de kast. Tussen de kieren van de planken tochtte het.
Ze rilde.
Opnieuw begon ze te huilen.
Ze was bang, voelde zich alleen.
Waar was haar moeder?
Waarom had haar vader haar geslagen?
Wat had zij fout gedaan?
Waarom opende niemand de deur van de kast?
Ze was koud en had honger.
Haar stem klonk hees. Haar keel deed pijn.

Toen had ze een heldere lichtstreep onder de deur door zien komen. Er moest iemand in de kamer zijn.

Laura hield haar beide handen tegen de kastdeur aan, en drukte met alle kracht die in haar was tegen de deur om deze te openen.
Ze voelde hoe iemand aan de andere zijde tegen de deur bonsde.
Een vage geur van lavendelzeep, waar moeder zich altijd mee waste, kwam onder de deur door.

Opnieuw huilde ze.
Moeder was aan de andere kant van de deur.
Nu zou alles goed komen.

Veel later werd ze wakker van het peertje dat automatisch ging branden wanneer de kastdeur geopend werd.
Ze knipperde met haar ogen en beschermde deze een moment met haar handjes om zo aan het felle licht te wennen.
Haar vaders lippen bewogen. Ze begreep echter niet wat hij bedoelde. Vragend keek ze hem aan, daarbij angstig naar zijn handen kijkend. Bang opnieuw geslagen te worden door de man die ze *babbo* had leren noemen.

Babbo, papa, het eerste woordje dat haar moeder haar met veel moeite had weten te leren.
Babbo, een woord dat met vreemde klank uit haar keel kwam.
Haar moeder had geduldig haar handje gepakt en deze tegen haar eigen keel gelegd. Eindeloze keren had Laura gevoeld hoe haar moeders keel trilde, waarbij haar mond in eenzelfde ritme bewegingen maakte.
Iedere keer die zelfde trilling en iedere keer die zelfde bewegingen.
Uiteindelijk had Laura haar moeder nagedaan, zonder dat ze begreep wat ze nadeed en waarom ze haar moeder nadeed.

Mimo was trots geweest op het eerste woordje dat haar dochter uitgesproken had.
Voor Laura zelf had het woord echter geen betekenis.
Babbo was iets dat geen enkele betekenis had voor een meisje dat doof was en niet begreep dat woorden een betekenis konden hebben.

Uiteindelijk tilde haar vader haar op uit de kast en zette haar op de, met een grand foulard overtrokken, bank in de kamer.
Stil keek ze om zich heen. Haar ogen zochten haar moeder maar vonden haar niet.
Laura werd onrustig en bang en begon te huilen.
Ze was drie jaar oud en begreep niets van wat er met haar gebeurde.
Waar was haar moeder? Waarom moest ze in die kast slapen?
Haar keel deed pijn.
Ze had dorst en wilde drinken.
Ze stond op van de bank en liep naar de keuken waar haar vader in zijn overall aan tafel zat.
Hij rookte een sigaret terwijl hij met zijn rooddoorlopen ogen naar de grof gestuukte muur keek.
Op tafel stond een stenen kruik en een lege wijnfles.
Pas na enige tijd merkte hij het kind op dat in de deuropening stond.
Hij riep haar iets toe dat ze niet begreep.
Daarna stond hij op, pakte een stuk brood uit de kast en besmeerde dit met boter.
Matteo wees haar een stoel om te zitten, waarop Laura schoorvoetend naderbij liep en op de stoel klom. Uit de koelkast pakte Matteo een fles melk en de kaasplank.
Hij vulde een glas met melk en zette dit voor haar op tafel.
Laura dronk met gulzige slokken het glas leeg waarna ze vragend naar de fles wees die nog in de hand van haar vader lag.

Matteo vulde het glas opnieuw en zette haar het bord met brood voor waarna hij een paar plakken kaas op de plank sneed en haar deze in handen drukte.
Laura schrokte alles achter elkaar naar binnen. Ze had bijna vierentwintig uur niets gegeten en gedronken.

Matteo pakte een nieuwe sigaret uit het halfvolle pakje dat in zijn borstzak had gezeten en nu voor hem op tafel lag. In de holte van zijn hand ontbrandde een lucifer. De geur van zwavel en tabak trok door de keuken.

Toen Matteo's blik opnieuw verstarde en hij het contact met de wereld leek te verliezen, gleed Laura van haar stoel.
Voorzichtig, met handen en voeten, klom ze de trap op. Boven gekomen liep ze naar de slaapkamer van haar ouders. Ze drukte de kruk van de deur naar beneden en probeerde de deur te openen.
De deur was echter gesloten en gaf niet mee.
Een beetje licht scheen uit het sleutelgat naar buiten op de overloop. Laura ging op haar tenen staan, en probeerde door het sleutelgat naar binnen te kijken.
Haar benen waren echter nog niet lang genoeg voor het hoge sleutelgat. Ze keek om zich heen en zag in de hoek van de overloop een driepotige stoel staan. Ze sleepte de stoel tot onder de slaapkamerdeur en klom op de stoel. De driepoot wankelde waardoor Laura zich stevig vastgreep aan de deurkruk.
Toen ze haar evenwicht had hervonden, keek ze door het sleutelgat naar binnen. Ze zag het brede bed van haar ouders. Het zwarte haar van haar moeder golfde over het kussen.

Met beide vuisten ranselde Laura op de deur. Ze schreeuwde zo hard ze kon waarbij ze op de deur bleef beuken met haar kleine vuistjes.

De wankele driepoot viel met luid gekletter tegen de grond waarbij de achterste poot afbrak.
Laura klom snel overeind en sloeg opnieuw tegen de deur waarachter zij haar moeder wist.

Matteo, ontwaakt uit zijn dagdromen, kwam op het lawaai af en rende naar boven.
Hij sprak geen woord toen hij het kind hijgend over zijn schouder legde en naar beneden droeg.
Even later stonden ze samen voor het toilet.
Matteo gebaarde Laura dat ze moest plassen, maar het kind weigerde.
Hierna tilde Matteo het kind opnieuw op, en zette het pas weer neer toen ze voor de kast stonden. Met angstige ogen keek het kleine meisje naar de donkere kast. Toen Matteo de angst in de ogen van het kind zag, ontbrandde de haat opnieuw in hem.
Zwijgend duwde hij haar in de kast en sloot de deur.

Hij wilde naar buiten lopen.
Zijn *siësta* was afgelopen. Hij moest een klus afmaken bij Beppe, zijn baas.
Toch liep hij terug naar de keuken. Hij vulde twee kruiken met water, liep de trap op naar boven om even later met een kruik terug te komen. Hij ontsloot de deur van de kast.
Laura keek hem met grote ogen aan.
'Pak aan,' gromde hij, waarbij hij de kruik in haar handen drukte.
Even later stak hij de sleutel van de kast in zijn borstzak. De sleutel maakte een rammelend geluid in zijn overall toen hij de andere sleutel raakte.

Mimo en Matteo

'Ze moet dood,' had Matteo gezegd.
'Ze moet dood. Zij kan hier niet blijven. Ik wil dit kind niet. Een achterlijk kind. Ze kan niets horen. Nooit zal ze iets kunnen horen. En spreken kan ze ook niet. Het enige dat ze heeft gebrabbeld is iets onverstaanbaars: *Babbo*, tenminste dat zeg jij dat zij zegt. Ik kan het er niet uit opmaken.
Achterlijk is ze. Net als jij.
Ze moet weg. Ik zal ervoor zorgen dat ze weggaat en nooit meer terugkomt. Ik heb niets aan dit kind. Ze moet dood.'

Mimo had zwijgend voor hem gestaan. Ze had niet gehuild en er waren geen tranen in haar ogen geweest.
Alle emoties werden door haar diep weggestopt. Alles was grauw en leeg. Er was niets dan kilte. Ze leefde omdat ze iedere dag wat at en dronk. Ze sliep omdat dit haar beschermde tegen totale vernietiging.
Opgesloten werd ze, iedere morgen opnieuw.
Iedere ochtend hoorde ze de sleutel in het slot omdraaien als Matteo naar zijn werk ging.
De eerste dagen had ze de deur proberen te openen om samen met haar kind het huis te ontvluchten. Na een week gaf ze haar pogingen om te vluchten op.

Het kind dat ze verwachtte, was ze tijdens een bloeding op het toilet verloren. Terwijl haar gestorven ongeboren kind wegspoelde, spoelde ook het laatste beetje levenslust uit haar weg.

De bloedingen waren uiteindelijk gestopt. Mimo had haar lichaam gedoucht en gereinigd.
Ze bleef zich echter smerig voelen.
Haar hart was gebroken, haar ziel gekwetst. Als riet dat door een storm geknakt was en zich niet meer oprichtte, zo was de geest van de jonge vrouw.

Vaak kwam Matteo 's middags tegen twaalven thuis. Ze wist dan wat er kwam. In het begin had ze zich ertegen verzet. Nu ze wist dat verzet niet hielp, gaf ze toe aan zijn geweld om zo weinig mogelijk pijn te voelen.
Met haar ogen wijd opengesperd, staarde ze dan naar het plafond.
Ze voelde niets.
Ze dacht niets.
Ze zag niets.

Als haar man minuten later van haar af rolde, zijn overall dichtknoopte en een sigaret opstak, rolde er soms een traan over haar wang.
Soms, niet vaak.
De laatste tijd helemaal niet meer.

Ze voelde niets meer…
Ze dacht aan niets meer…

Het opnieuw knarsen van de sleutel die de deur van haar kamer afsloot als hij naar beneden liep, hoorde ze al niet meer.

Wanneer haar man 's avonds thuiskwam, nam hij meestal iets te eten mee dat hij ergens in een *trattoria* onderweg naar huis had gekocht. Hij zette de plastic bakjes met *insalata di nervetti,* vlees met bonen en augurken, of een *pasta* op tafel waarna hij

de trap op liep om zijn vrouw op te halen. In stilte aten ze hun vaak eenzijdige maaltijd, en zwijgend dronken ze van de wijn. In het begin van haar gevangenschap had Mimo alleen water gedronken.
Met het verstrijken van de tijd dronk ze steeds meer wijn om hiermee de pijn van haar verdriet te ontvluchten.

'Ze moet dood,' had hij gezegd, niet lang nadat hij Laura had opgesloten in de kast.
Zij had gezwegen.
Er waren geen tranen meer, geen emoties.
Toch wist ze dat ze de dood van haar kind moest zien te voorkomen.
Dit kon maar op één manier.

'Dat kan niet Matteo,' had zij uiteindelijk gezegd. 'Je kunt je kind niet vermoorden. Denk je eens in wat er zal gebeuren als het uitkomt. Als mensen erachter komen dat jij je eigen kind hebt omgebracht. Dan zit jij je leven lang achter de tralies. Dat kan toch niet Matteo? Zie je dan niet in dat jouw leven belangrijker is dan het leven van dat kind? Laten we het kind verstoppen. In de kast, op zolder, het maakt niet uit waar. Laten we het kind verstoppen voor de mensen. Wat mij betreft vertellen we de mensen dat ze dood is, gestorven is aan een of andere ziekte. Laura is niet gedoopt. Omdat jij dit nooit wilde, weet je nog? Dat komt nu goed uit. De kerk hoeft er niet aan te pas komen. Beter is het misschien nog als we rondvertellen dat het kind op een dag gek geworden is, en zichzelf iets aangedaan heeft. Op die manier kunnen we haar zelf begraven. Niet op de begraafplaats van de kerk. We begraven haar buiten de stadsmuren. Iets buiten de *Porta Berarda*, in het verste hoekje van de akker van Giuseppe Galibi waar zwervers en heidenen worden neergelegd in de aarde.'

Mimo had Matteo emotieloos aangekeken. Ze wist dat als ze angst vertoonde, hij in razernij zou uitbarsten. Ze moest bluffen, wilde ze haar kind redden uit de handen van haar man. Ondanks haar apathie, voelde ze dat haar kind moest blijven leven.

Matteo keek haar aan. Ze zag respect in zijn ogen.
'Hmm. Ik denk dat je gelijk hebt. Als ooit duidelijk wordt dat ik dit kind heb omgebracht, is mijn leven voor niets geweest. En dat kan niet zo zijn. Er is nog veel dat ik wil doen. Ik zal een kistje laten maken, en een steen laten houwen. Het moet echt lijken. Nee, een steen kost te veel geld. Ik zal een kruis timmeren. Dat kost niets. Misschien kan ik met het graveerapparaat van Beppe haar naam zelf in een plank graveren. Mijn vrienden kennen wel iemand die een verklaring van overlijden kan bemachtigen.'

De stad had gegonsd van de geruchten.
Sneller dan vuur om zich heen grijpt, verspreidde zich het verhaal van de waanzinnige driejarige Laura door de smalle stegen van de stad.

De huizen van de oude stad luisterden mee, maar besloten het verhaal niet te ontkrachten.
De fundamenten hadden de verhalen gehoord, maar hadden gezwegen.
Zesentwintig eeuwen onrecht had hen murw gemaakt.
Stom.

Het dochtertje van Matteo en Mimo was dood. Ze had haar leven lang niet gepraat. Was stom geweest. Haar tong had drie jaren lang dienst geweigerd.

Meewarig keken de mensen Matteo aan. Ze hadden niet veel gezegd.
'Mijn dochter', zo vertelde Matteo, 'heeft zichzelf van het leven beroofd. Iets boos, een kwade geest die ook haar tong verlamd had, had haar doen besluiten om vanaf de overloop naar beneden te springen. Met de handen op haar rug was ze van de trap gesprongen. Mimo had het zelf gezien,' zo besloot hij zijn verhaal terwijl hij in het kantoortje zat van de pastoor.

Mimo kon niet meer buiten zijn, zo vertelden de mensen elkaar bij de *Frutta e Verdura*, als ze de dagelijkse boodschappen deden, ze had te veel verdriet. Misschien ooit weer eens. Later, als het verdriet ouder zou zijn geworden. Ouder en minder rauw. Maar nu nog niet.
Mimo was gebroken, zo wisten ze.

De pastoor had verdrietig gekeken toen Matteo hem het verhaal vertelde. Hij bood Matteo een papieren zakdoekje aan uit het pakje dat voor dit soort gelegenheden op zijn bureau stond.
Matteo had de tissue dankbaar geaccepteerd, en zijn ogen gedroogd, waarna hij zijn neus hoorbaar snoot.
Hij boog zijn hoofd toen de pastoor hem vertelde dat Laura, hun kindje, niet op de begraafplaats van de kerk kon worden begraven. Regels waren nu eenmaal regels. Het kind had zichzelf van het leven benomen, en zou niet in gewijde aarde mogen liggen wachten tot Christus kwam om alle mensen te oordelen, de levenden en de doden.
Nee, als hij zijn kind begraven wilde, dan moest dit buiten de stad. Op de akker van Giuseppe Galibi, waar ook andere heidenen wachtten op het eeuwige vuur van de hel.

De pastoor keek opnieuw droevig en had zelf ook een tissue gepakt. Omzichtig droogde hij hiermee zijn ogen.

'Het kind was ook niet gedoopt, zo herinner ik me, is het niet?' zei de in het zwart gehulde man terwijl hij opstond, hiermee aangevend dat het gesprek wat hem betreft beëindigd was.

Met afhangende schouders had Matteo zich omgedraaid. Hij had de pastoor geen hand willen geven. Ondanks dat deze, zonder dat hij het wist, meeging in zijn plan, had hij niets dan minachting voor deze man gevoeld.

Pastoor, pastor, herder…
Deze man vertegenwoordigde de God van Mimo.
Mimo uit de heilige witte stad Assisi.

De stoet was niet lang geweest.
Alleen de ouders van Mimo waren gekomen. De ouders van Matteo hadden niet eens de moeite genomen een brief of kaart te schrijven om hun medeleven te betonen.
Mimo droeg een lange zwarte jurk. Een grote zwarte hoed met veel voile bedekte haar gezicht.
Geen enkele keer keek ze haar ouders aan.
Iets dat hen bevreemdde.
Mimo weigerde de arm die haar moeder haar toestak. Ze had alleen willen lopen, achter Matteo, achter de kleine kist. Alleen met haar gedachten, haar ogen op het stof van de aarde gericht.
Het ruwhouten kistje had Matteo zelf gedragen. Het was maar klein geweest. Precies groot genoeg voor Laura. Hij had 's nachts wat aarde in het kistje geschept, en daarna het deksel met lange nagels op het kistje gespijkerd.

Giuseppe

Toen ze de *Porta Berarda* uit liepen, op weg naar de akker iets buiten de stad, zagen ze Giuseppe Galibi al staan.
Giuseppe, een al wat oudere man. Kromgegroeid door het jarenlange werk op het land in een tijd dat spierkracht belangrijker was dan de paardenkrachten die machines leverden.
Zijn ogen waren naar de grond gericht. Alsof hij het verdriet in de ogen van hen die naderden, niet kon aanzien.
Achter een kleine heuvel roodbruin zand stond hij, de steel van de platte schop met beide handen omklemd. Zijn donkergebrande gezicht was diep doorgroefd. Weer en wind, maar ook littekens van het leven, hadden onuitwisbare sporen achtergelaten.

Talloze malen had Giuseppe hier gestaan en het verdriet gezien in de ogen van hen die iemand voor eeuwig moesten neerleggen op een plaats die ze niet gewild hadden. Een plaats die Giuseppe hun gaf, omdat de kerk het lichaam weigerde.
Er was voor deze doden geen plaats bij de God van de kerk. Ze werden begraven in de tuin van een man wiens eigen vrouw, met wie hij meer dan twintig jaren getrouwd geweest was, hier als eerste was neergelegd.

Iedere morgen als hij naar de akker liep, zijn tuin, zag hij haar opnieuw liggen, zijn Gabriella, de vrouw die zijn leven had gekleurd.
Onder de eeuwenoude olijfboom, de oudste en grootste boom

in zijn tuin, lag zijn vrouw. Haar polsen kapotgesneden. Het rode kleed waarop zij lag, was oud.
Twintig jaren waren ze getrouwd geweest.
En iedere dag opnieuw had hij haar gelukkig willen maken.
Zo zelden was hem dit gelukt.

Telkens als hij op zijn akker kwam, zijn tuin, zoals vandaag, herinnerde hij zich het moment dat hij haar ontmoette.
Ze was mooi geweest.
Hij kende haar wel: Gabriella, de dochter van Francesco en Donatella Rossi. Bij de jongeren in de kleine stad stond ze bekend als een vreemd meisje. Niemand ging met haar uit. En als het weekend was, danste niemand met haar in de dansgelegenheid van Cortona.
Francesco en Donatella wisten dat hun dochter anders was dan andere meisjes. En Giuseppe, die na een week hard werken op het land ook ieder weekend zijn vertier binnen de muren van de stad zocht, kende de verhalen die over het meisje de ronde deden ook.

Op een dag zag hij haar. Hij was die ochtend aan het werk geweest in de olijfgaard van zijn vader en had *siësta* gehouden onder een schaduwrijke boom.
De boom waar hij onder rustte, had al eeuwen in de tuin gestaan. Vele honderden jaren lang had de olijfboom zijn vruchten geschonken. Jonge loten kwamen nu uit de oude afstervende bast tevoorschijn. Het oude dat sterven ging had het nieuwe leven al in zich gedragen.

In haar witkanten jurk had hij haar tussen de bomen zien dansen. De kruinen van de bomen bewogen zacht in de wind.
Zij had hem niet opgemerkt.
Ze danste, haar rieten hoed, die ze zomers droeg om zich te

beschermen tegen de hete middagzon, hield ze hierbij in de hand.
Als betoverd had hij naar haar staan kijken. Haar jurk bolde op als ze haar pirouetten draaide.
Hardop zong ze. Een lied over de wind. Hij herinnerde zich de woorden die zij zong. Nooit zou hij ze vergeten.

Ik hoor of zie je niet, maar weet dat jij er bent.
Jouw adem, tastend langs mijn wangen.
Adem mijn hoofd schoon, jij die mij kent.

Giuseppe begreep niet meteen waar ze van zong. Pas veel later begreep hij dat 'dat wat ademde' de onzichtbare wind moest zijn. De wind, en iets anders wat Gabriella voelde, maar niet zag.

Hij was opgestaan en liep uit de schaduw van de boom. Hij zette zijn flanellen hoed op om zijn gezicht tegen de hete middagzon te beschermen.
Gabriella schrok niet van zijn aanwezigheid.
Hij bood haar wat te drinken aan en gebaarde haar te gaan zitten op het rode kleed waarop hij even daarvoor rustte. Gretig dronk ze even later uit de kruik die hij haar voorhield. Een moment hadden ze daarna zwijgend naar de grond gekeken, waarna ze allebei gelijktijdig begonnen te praten. Lachend had hij zijn excuus aangeboden, en gezegd dat zij eerst moest uitpraten, en dat hij daarna wel zeggen zou wat hij had willen zeggen.
Die middag was omgevlogen. Hij was niet aan zijn werk toegekomen, maar ach, wat gaf het. Er was morgen weer een nieuwe dag.
Ze ontmoetten elkaar vaker. Al de volgende dag was ze op-

nieuw in de boomgaard, en opnieuw vertelden ze elkaar verhalen die ze nog nooit met iemand gedeeld hadden.
Na vier weken waagde hij het haar te kussen.
Daar, onder die eeuwenoude olijfboom waarvan de oude bast wist dat het plaats moest maken voor het nieuwe leven binnen in hem, vertelde hij haar dat hij zijn leven met haar wilde delen.

Giuseppe Galibi kende de verhalen over Gabriella, en na maanden waarin ze elkaar beter en intiemer leerden kennen, zag hij ook dat de verhalen voor een deel op waarheid berustten. Het maakte hem niet uit. Hij hield van deze vrouw. Dat was voor hem voldoende om de toekomst met haar te kunnen delen.
Gabriella was rusteloos, vaak afwezig, in zichzelf gekeerd. Zoals ze intens kon genieten van kleine dingen, zo kon ze ook verdriet hebben over iets waar hij niets van begreep.

Twintig jaar lang duurde hun huwelijk.
Mio Dio, quanto amavo questa donna!
Mijn God, wat hield hij van deze vrouw.

In de brief, die hij later op de keukentafel vond en die ze 's nachts voor het laatst moet hebben gedekt, had ze nog eenmaal haar liefde aan hem betuigd.
Nog eenmaal had ze hem bedankt voor de liefde die hij haar al die jaren gegeven had.
Ze had geweten, zo schreef ze, hoe zwaar het voor hem geweest was, omdat zij soms niet blij kon zijn met alles wat hij voor haar deed.
Maar ondanks alle liefde die ze van hem ontving, kon ze niet verder. Haar leven kende te weinig vreugde. Haar ziel verdroeg haar verdriet steeds moeilijker.

De pastoor was gekomen, en had met omfloerste ogen gemompeld dat er naast de kerk geen plaats was voor zijn vrouw. Ja, hij wist wel dat ze iedere zaterdag en zondag naar de mis ging. En hij wist ook wel dat zij meer hadden gegeven dan de verplichte tienden. Maar dat nam niet weg dat deze vrouw haar eigen leven had beëindigd. Er moest iets kwaads in haar hebben gehuisd.
'Trouwens, heeft zij ooit bij mij gebiecht?' zo beëindigde hij zijn betoog.

Zo begroef Giuseppe Galibi zijn vrouw in zijn eigen akker.
Zijn tuin, zijn boomgaard. Iets buiten de *Porta Berarda*. Iets buiten de stadsmuren lag Gabriella tussen de olijfbomen waar hij haar eens zag dansen.
Hij had een mooi graf voor haar laten maken. Het marmer dat hij uit de bergen had laten halen, was helderwit.

Maar dat was lang geleden.
Het ornament stond nu wat scheef, en ondanks dat hij het graf goed onderhield, was de witte steen grijs gebleekt en dof door de weersinvloeden. De olijftuin was inmiddels een rustplaats geworden voor velen die verder nergens thuis mochten komen.

Nu stond Giuseppe opnieuw achter een graf.
Een klein graf ditmaal.

Hij had Laura gekend. Hij hield van kinderen.
Eens had hij met haar gesproken. Op zijn knieën was hij voor haar gaan zitten, toen zij en Mimo, die hij altijd liefkozend Mima noemde, ronddwaalden in zijn tuin. Hij had Laura aangesproken, waarna hij haar een moment vragend had aangekeken toen ze niet antwoordde op zijn vragen.

Laura's ogen waren vragend geweest. Alsof ze hulp vroeg voor iets dat ze niet kon benoemen.
'Ze praat nog niet,' had Mima gezegd.
Giuseppe begreep vrijwel meteen dat ze niet kon spreken. Hij zag haar ogen die zo veel meer vertelden dan haar tong ooit zou doen.
Laura had zijn hand gepakt en hem meegetrokken naar het witte ornament.
Met grote vragende ogen keek ze wisselend naar het ornament en naar hem. Een kort moment legde hij zijn arm om de smalle schouders van het kind. Met zijn andere hand streelde hij het marmer. Giuseppe wist dat het kind begreep dat hier zijn leven lag begraven.

Toen de kleine stoet naderde, drukte hij zijn schop dieper in de aarde. Voorzichtig liep hij de smalle ladder af, het graf in.
Hij pakte het kistje over van Matteo, en verwonderde zich even over het gewicht, waarna hij het kistje eerbiedig op de bodem van het graf plaatste.
Even later, toen het zonlicht hem opnieuw omhelsde, trok hij de ladder uit het donkere graf omhoog. Hij keek een moment naar Mima die emotieloos naar de grond keek. Opnieuw verwonderde Giuseppe zich.
Ze was zo anders geweest dan toen, tijdens hun ontmoetingen in de *Frutta e Verdura* in Assisi en later tijdens hun ontmoeting in zijn tuin.
Toen nam hij de spade op en gooide met grote scheppen aarde op de kist.

Mimo en Matteo draaiden zich om en liepen de weg naar huis terug.

De ouders van Mimo bleven staan.
Mimo's vader nam de spade over van de oude man, waarna Giuseppe de kruik water pakte die hij in de schaduw van een olijfboom had achtergelaten.
Zwijgend vulde Mimo's vader het graf, terwijl Giuseppe wat water dronk en het zweet van zijn voorhoofd wiste. Zorgvuldig plaatste hij het kleine houten kruis in de roodbruine aarde. Met zijn drieën stonden ze daarna een moment eerbiedig stil voor de kleine aarden bult die iets omhoog rees uit de grond.
Niemand zei een woord. Een enkele vogel zong zijn lied.

Een zachte wind dwarrelde plots om hun hoofden en verkoelde de zwetende lijven van de mannen.
Streelde hun gezichten.
Giuseppe keek omhoog, en zag de dansende kruinen van de oude bomen.
In hem zong het lied dat hij zo lang geleden voor het eerst op deze plaats had gehoord.

Jouw adem, tastend langs mijn wangen.
Adem mijn hoofd schoon, jij die mij kent.

Mimo

Mimo zakte neer op een stoel bij de keukentafel en opende een fles wijn. Matteo nam de fles van haar over en vulde twee glazen.
Zwijgend dronken ze terwijl hun geest vertroebelde.
Een tweede fles werd geopend.
De luiken van het huis waren gesloten. De mensen die hier woonden waren immers in diepe rouw. Hadden zij niet zojuist hun driejarig dochtertje toevertrouwd aan de aarde?

Het licht in de keuken brandde. Af en toe blonk de felle korte vlam van een aangestoken lucifer waarna nieuwe wolken nicotine de lucht in werden geblazen.
Mimo rookte haar sigaretten zoals ze leefde.
Gedachteloos en zonder op te houden. Ze wilde niet meer verder leven.
Matteo vulde haar glas opnieuw. In een teug sloeg zij deze achterover. Ze wilde vergeten wie zij was.
Vergeten dat zij leefde.

Vanuit de kast in de kamer klonk gebonk.
'Het kind moet plassen,' snauwde ze naar haar man.

Eelke

Alweer enkele weken woonde Eelke nu bij zijn vader.
Het huis aan de *Via Chibellina* gaf langzaam al zijn geheimen prijs.
De eerste week van zijn verblijf in deze nieuwe omgeving verkende hij het huis voor zover dit mogelijk was. Een enkele kamer was afgesloten door de verhuurder. De weken erna had Eelke de oude stad verkend.
De eindeloze trapsteegjes hadden hem de eerste dagen doen verdwalen. Uiteindelijk had hij zijn weg door de stad gevonden.
Iedere dag was hij te vinden op het *Piazza Della Republica,* het centrum van de stad waar alle steegjes samen leken te komen. Op de trappen van het stadhuis kon hij uren kijken naar de mensen. Ieder mens had zijn eigenaardigheden en eigen aardigheden. Hij probeerde dan de mens achter hun gedrag te ontleden.
'S Avonds at hij met zijn vader op een van de terrassen rondom *het Piazza.* Terwijl de schaduwen langer werden, genoten zij van een glas *birra chiara.*
Als ze de maaltijd gebruikten, buiten, op een van de vele terrassen die de stad rijk was, bestelden ze meestal een fles *vino da pasto.* Eelke had nooit zo gehouden van de droge tafelwijn, maar in deze ambiance leek alles anders te ruiken en te smaken. Met volle teugen genoot hij van de sfeer en de cultuur.
Hij bezocht de *San Nicollo,* het prachtige renaissancekerkje dat tussen hoge cipressen verborgen lag aan de lagergelegen oost-

zijde van de ommuurde stad. De huishoudster, die links van het oude kerkje woonde, had de deur voor hem geopend zonder dat hij erom vroeg. Ze moest geweten hebben dat hij een toerist was die de fresco's van *Luca Signorelli* wilde bewonderen. Hij genoot van het Etruskisch Museum in het *Palazzo Pretorio,* en leerde hier veel over de eerste bewoners van de stad.
Maar als hij heel eerlijk was, voelde hij zich zonder zijn vader, als er niemand bij hem was met wie hij kon praten, ook vaak wat eenzaam.
Bij de *alimentari* stonden de inwoners van Cortona gezellig met elkaar te keuvelen over al die onbelangrijke dingen waar mensen over spreken terwijl zij hun dagelijkse boodschappen uitzochten.
Eelke luisterde naar de gesprekken en keek naar de in zijn ogen overdreven mimiek van de mensen. Hij verstond echter geen woord van wat zij vertelden. Te midden van al deze mensen voelde hij zich vaak alleen. Famke moest zich ook vaak zo voelen, dacht hij dan. Monden zien bewegen, maar niet veel kunnen verstaan.

Als hij bij *la panetteria* op zijn beurt stond te wachten om brood te bestellen, hakkelde hij de moeizaam geleerde woorden aan het meisje achter de balie.
'Vorrei… Avete…'

Te midden van al deze mensen voelde Eelke zich doofstom. Hij sprak de taal niet en verstond deze ook niet.

Steeds vaker koos hij ervoor niet geconfronteerd te worden met deze vreemde nieuwe handicap. Hij zocht dan de stilte die de natuur rondom Cortona hem bood.

Nu liep hij langs de muren van de oude stad. Drie stadspoorten was hij al gepasseerd, maar hij wilde de stad nog niet uit lopen. Hij kende de heuvels rondom Cortona inmiddels redelijk en wilde vandaag een nieuw gedeelte verkennen. Langs de *Via San Sebastiano* kwam hij uit bij het *Piazzale Garibaldi*. Uiteindelijk liep hij de *Via San Margharita* in. Ver voor zich zag hij een stadspoort die hij nog niet eerder had gezien. Een routewijzer vertelde hem dat dit de *Porta Berarda* moest zijn. Met stevige pas liep hij naar de poort die toegang tot de stad verschafte. Even later stond hij een moment stil in de koele schaduw van de overdekte poort. Reusachtige scharnieren vertelden hoe groot en zwaar de poorten geweest moesten zijn die ooit door deze scharnieren gedragen werden.

Hij dronk een slok water uit de fles die in het zijnetje van zijn rugzak zat, en keek naar de golvende heuvels die zich voor hem ontvouwden.

De heuvels waren nu bruingeel geblakerd. Veel land droeg weinig meer dan korte stoppels. Een enkel veld met zonnebloemen wachtte om geoogst te worden.

Links van hem lag een tuin. De tuin was omringd door een manshoge stenen muur. De ijzeren poort die toegang tot de tuin verschafte, stond open.

Eelke verlangde naar stilte. Vroeger was hij iedere dag begonnen met een moment van stilte.

Stille tijd had hij dit genoemd. Hij sprak dan met God. Zocht zo zijn aanwezigheid en probeerde op die manier met hem in contact te komen.

De laatste jaren was hier stevig de klad in gekomen. De gesprekken die hij met God voerde, waren geen dialogen geweest. Altijd sprak hij. Nooit sprak God. Nooit kwam er een antwoord op vragen die hij God stelde.

Nadat zijn moeder overleden was, had hij zijn stille tijd nog een paar maanden weten vol te houden. En iedere dag opnieuw

had hij God dezelfde vragen gesteld. Voor de voeten gegooid zelfs. Antwoorden waren nooit gekomen.
Mensen zeiden wel eens dat de hemel van koper was. Hij had dit persoonlijk ondervonden. De hemel was niet transparant ontworpen en gemaakt, maar was ondoorzichtig en ondoordringbaar.
Toen hij zich hiervan bewust werd, was hij uiteindelijk gestopt te praten met iemand die hij had leren kennen als God. En op dit moment betekenden deze drie letters ook werkelijk niets méér voor hem dan drie letters.
Terwijl de stilte in zijn leven groter werd, nu er overdag niemand was om mee te praten, om naar te luisteren en zijn gedachten mee te delen, kwam het verlangen opnieuw in hem op God te zoeken en te ontmoeten.

Hij duwde de ijzeren poort verder open en wandelde de goed onderhouden boomgaard in.
Onder een grote olijf bleef hij een moment staan. Hij verwonderde zich over de loten die uit de bast van de oude boom schoten. Hij zette zijn rugzak op de grond en zakte neer in het stoppelige gras.
Met zijn rug tegen de stam geleund, sloot hij zijn ogen. Zijn gedachten formuleerden een gebed.

'Hallo God, hier ben ik weer. Sorry dat het zo lang duurde voor ik opnieuw van me liet horen. Maar weet u: ik heb eigenlijk geen idee met wie ik praat. Ik weet alleen dat er verder niemand is met wie ik kan praten. Dus praat ik maar met u. Ik heb geen idee hoe dit allemaal verder moet. Ik ben hier al weken in een vreemd land. Ik spreek de taal van het volk niet en kan het ook niet verstaan. Wat doe ik eigenlijk hier? Waarom heb ik de beslissing genomen hiernaartoe te komen? Wat is de zin van het hier zijn, hier in dit vreemde land en in deze vreemde stad? Wat heeft mijn leven überhaupt voor zin? Ik zit op school, leer

de dingen die ik leren moet, doe de dingen die van mij verwacht worden, maar zie niet in waar dit alles toe leidt. Waarom ben ik geboren? Wat doe ik hier op aarde? En, wat gebeurt er met me als ik sterf? Zie ik mijn moeder dan weer? En waar is mijn moeder dan nu? Wat is dat toch, die hemel waar iedereen het over heeft? Is dat waar u bent? Maar waar bent u dan toch?
Is er een plan met dit alles? Ik bedoel, ja, neem me niet kwalijk dat ik het zeg, ik vind dit allemaal erg mooi hoor. Ik geniet van de schitterende omgeving, heb een gezond lijf. Ik heb voldoende geld om dingen aan te schaffen die ik graag hebben wil. Ik lijd geen honger. Ken het woord alleen van horen zeggen, maar heb de betekenis nooit ondervonden. Maar toch… wat is het doel van dit alles?
Bestaat u eigenlijk wel? Bent u werkelijk diegene die alles ooit eens maakte? Wat wilt u dan toch dat wij mensen doen met dat wat u maakte? Wilt u dat…'

'Buongiorno. Come ti chiami?'

Verschrikt opende Eelke zijn ogen. Hij was zo diep in gedachten geweest dat hij de man die nu voor hem stond, niet had horen aankomen.
Eelke krabbelde overeind, waarbij de man hem geruststellend toesprak en hem gebaarde opnieuw te gaan zitten.

'Come ti chiami?' hoorde hij de man opnieuw zeggen, waarbij deze hem zijn hand toestak.
'Sono di Olanda,' antwoordde Eelke op goed geluk, in de hoop dat de man hem vroeg waar hij vandaan kwam.
'No, no,' antwoordde de man en sprak verder in gebroken Engels: 'I asked you: what is your name? My name is Giuseppe Galibi. This garden is my property. Wat doe jij eigenlijk in mijn tuin?'

Eelke nam de toegestoken hand aan.
'My name is Eelke and I come from Holland. Ik woon op een eiland in Nederland,' sprak hij verder. Het spijt me dat ik op uw land ben. Ik wist niet dat dit verboden was.'

'Wie vertelde je dat dit verboden was' antwoordde de man, terwijl deze een grasspriet tussen zijn lippen nam. Hij keek Eelke met plagende ogen aan.
'Wat was je eigenlijk aan het doen? Je leek te slapen. Ik hield je al enkele minuten in de gaten. Of was je in gesprek met iemand?'

De grijzende man moest steeds naar woorden zoeken, waardoor het gesprek langzaam verliep.

Eelke lachte wat schamper om de laatste opmerking van Giuseppe.
'In gesprek met iemand is wat veel gezegd. Het was eerlijk gezegd meer een monoloog.'

'Hmm, een gesprek van een kant bedoel je. Toch?'
Giuseppe woog de woorden op zijn lippen.
'Ja, een monoloog. Een eenrichtingsgesprek. Zeg maar een gesprek met een dove.
Zo lijken die gesprekken van mij soms.'

'Sprak je met God?' vroeg Giuseppe, waarbij hij zijn ogen een moment op Eelke richtte.

Eelke keek hem verbaasd aan. Hij vond het gesprek een verademing na de stilte van de afgelopen weken. De directheid van deze man verbaasde hem echter. Ook het feit dat deze redelijk Engels sprak, had hem verbaasd.

'Hoe komt het dat u zo goed Engels spreekt?' ontweek Eelke de vraag van Giuseppe.
'Je ontwijkt mijn vraag, Eelke. Spreek ik dit overigens een beetje goed uit? Eelke? Je ontwijkt mijn vraag, maar goed: ik spreek redelijk Engels omdat ik veel studeer, en omdat ik de vruchten uit mijn tuin exporteer naar het buitenland. Ik moet dus wel een beetje Engels spreken. Maar goed, ik begrijp dat je inderdaad met God sprak, of hem in ieder geval zocht.'

Eelke keek de man een moment aan. De ogen van de al wat oudere man pasten niet bij zijn doorgroefde gelaat.
De ogen waren jong en enthousiast, maar ook doorleefd. Alsof hij een moeilijk leven achter zich had, maar dit had geaccepteerd zodat er ruimte en energie was om verder te reizen naar een zekere toekomst.
Zijn gezicht was bruinverbrand. Zijn grijze haar was lang niet geknipt en krulde onder zijn strohoed uit.

'Het is waar Giuseppe, ik zocht God. Weet je, ik woon hier nu al enkele weken met mijn vader in de stad, maar ik spreek jullie taal niet. Ik versta ook niemand. Dit gesprek met jou is het eerste gesprek dat ik met een Italiaan voer.'

'Dus je woont in de stad? Samen met je vader? Waar woon je ergens?'

'Mijn vader is werktuigbouwkundig ingenieur, en werkt voor een groot bedrijf in Perugia. Hij is daar een jaar gedetacheerd. Ik ben klaar met mijn opleiding en weet niet goed wat ik verder moet gaan studeren. Het leek mij een goed idee om een poosje bij mijn vader te wonen, en deze tijd te gebruiken om een weloverwogen beslissing te nemen met betrekking tot een eventuele vervolgstudie.'

'En sprak je hierover met God?'

'Nee, niet hierover. Ik sprak over de meer basale dingen van het leven. Weet je, ik heb al zo lang niet met hem gesproken. Sinds mijn moeder overleden is, heb ik afgehaakt. Ik merkte dat hij niet antwoordde op vragen die ik hem jaar in jaar uit stelde. Het had geen zin meer om verder met hem te spreken.'

'Maar toch zocht je hem vandaag weer op?' antwoordde Giuseppe.
'Ik heb je al verteld dat ik met niemand kan spreken hier. Ik voel me dus wat eenzaam. Ik denk dat ik vanuit die gedachte God weer probeer te zoeken.'
'En? Heb je gevonden waar je naar zocht? Heeft hij al antwoorden gegeven op die basale vragen van je?'

Eelke glimlachte.
'Nu je het zegt, net op het moment dat hij wat wilde zeggen, kwam jij voor me staan. Dus eigenlijk verstoorde jij de antwoorden.'

Giuseppe lachte nu hardop.
'Misschien breng ik je wel zijn antwoorden,' sprak hij, nog steeds lachend.
'Waar woon je overigens in de stad? Die vraag heb je nog niet beantwoord.'
'Vader en ik huren een huis ergens aan de *Via Chibellina*.'
'Bedoel je het huis op de hoek van de *Via Bacarelli*?' vroeg de oude man geïnteresseerd.
'Ja, inderdaad, het hoekhuis op de kruising van deze twee straten. Hoezo?'

Giuseppe verviel in stilzwijgen. Zijn ogen staarden in de verte, maar leken niets te zien.
Zo zat hij daar, naast Eelke, zijn armen om zijn knieën geslagen voor zich uit te kijken. Zijn hoofd vol gedachten.
Eelke keek naar de oude man. De strohoed die hij eerder had opgehad, lag naast hem in het gele gras. Een lijster vertelde een verhaal ergens op de takken van de olijfboom boven hen. Een soortgenoot beantwoordde zijn vragen niet veel later.

'Ik wil je iets laten zien,' zei Giuseppe na een paar minuten gezwegen te hebben.
Hij stond op en trok ook Eelke overeind. De kracht waarmee Giuseppe hem overeind hielp, verbaasde Eelke.
Zwijgend liepen ze door de olijftuin. De grijze man liep met zekere passen naar een plaats niet ver van de eeuwenoude boom. Plotseling stonden ze stil. Voor hen lag een kleine begraafplaats. De meeste graven waren naamloos. Een simpel kruis aan het hoofdeinde van het met stenen bedekte graf, vertelde dat hier het lichaam van iemand moest rusten. Een naamloze wiens lichaam langzaam verging tot stof.

In de verste hoek van deze kleine begraafplaats stond een wat scheefgezakt witmarmeren ornament.
Giuseppe liep naar het graf, en pakte onderwijl een kleine steen op uit de aarde die hij even later liefdevol neerlegde op het ornament. Nog een kort moment liet hij zijn hand op de steen rusten voor hij deze losliet. Het witte graf lag vol met kleine stenen.

'Iedere keer als ik bij haar kom,' zei Giuseppe zacht voor zich uit pratend, 'leg ik een steentje bij haar neer. Uit respect. Ik denk dat mijn vrouw dit niet ziet. Maar dat maakt mij niets uit. Voor mijn gevoel weet ze dat ik er iedere keer een steen neerleg. Ze weet dan dat ik nog steeds van haar houd en bij haar ben geweest.'

Nog steeds lag zijn hand op het verweerde witte marmer. Alsof hij het liefkoosde.
Eelke zweeg, wilde niets zeggen. Hij wilde Giuseppe niet onderbreken in zijn moeizame spreken in de voor hem ook vreemde taal. Hij wilde de gedachten van deze man niet weghalen bij diegene die hier begraven moest zijn.

'Twintig jaren waren we getrouwd,' vervolgde Giuseppe, meer tegen zichzelf pratend dan tegen de jongeman die naast hem stond. 'Ik was gelukkig met haar.
Mijn Gabriella.
Mijn engel.
Mio Dio, quanto amavo questa donna.
Mijn God, wat hield ik van deze vrouw.'

Toen draaide Giuseppe zich om, en keek Eelke een moment aan.
'Is er ook iemand in jouw leven waar je van houdt? Behalve je vader dan.'
Eelke deed er het zwijgen toe.

'Kom,' zei Giuseppe, 'ik wilde je iets laten zien. '
Hij liep iets verder, naar een ander graf. Een klein graf.
In vergelijking met het marmeren ornament waar ze juist bij stonden, was dit graf erg eenvoudig. Het graf mat niet meer dan een meter lengte. Het houten kruisje aan het hoofdeinde was grijs gebleekt.
Eelke liep naar het kruis toe en betastte met zijn vingers de inscriptie die in het hout gegraveerd was.

'Laura,' zei de man ongevraagd, 'ze heette Laura. Alweer zo'n twaalf, dertien jaar geleden is ze hier neergelegd door haar ouders.'
Opnieuw dwaalden Giuseppes gedachten af.

'Ik herinner het me als de dag van gisteren,' vervolgde hij. 'Matteo en zijn vrouw Mimo, ik noemde haar altijd Mima omdat haar karakter zo zachtmoedig was, kwamen hier samen hun dochtertje begraven. Drie jaar oud was het kind. Nee, behalve Mima en haar man waren er geen mensen die afscheid van deze kleine kwamen nemen. Ja toch. De ouders van Mima waren uit Assisi gekomen. Ze wonen daar, weet je. Aardige mensen. Vroom ook. Ik heb een kort moment met ze gesproken nadat… Ach, dat kistje: ik stond onder in het graf. En toen pakte ik het kistje aan uit Matteo's handen.
Matteo…'

De blik van de oude man verstarde een moment.
'Ik mag geen mensen haten, ik weet het. Maar toch. Als ik aan Matteo denk, komt het woord haat heel dichtbij.'

Nadat hij dit gezegd had, keerde hij zijn blik naar de hemel, waarbij zijn lippen een paar woorden prevelden.

'Dat kistje,' vervolgde hij, 'dat ik van hem over pakte. Ik kan het nog steeds niet geloven. Het was zo licht. Het kind was drie jaar oud. Een peuter. Maar een peuter weegt toch ook een aantal kilo's. Dat kistje was echter veel lichter. Zo mager kan het kind niet geweest zijn. Een paar maanden eerder heb ik haar nog gesproken. Nou ja, gesproken. Het kind kon niet spreken. Mima zei dat Laura wat laat was met spreken. Ik denk dat ze dit zei om haar kind te beschermen tegen de hardheid van mensen. Zelf heb ik altijd gedacht dat het kind stom was. Stom is misschien een fout woord. Het klinkt zo negatief. Ik bedoel dat het kind nooit heeft leren spreken. Misschien was ze doof. Dat kan. Daar heb ik veel over gelezen. Kinderen die niet kunnen horen, en die geen enkele taal leren, zullen dus ook nooit kunnen spreken.'

Een kort moment keek Giuseppe naar Eelke die met vragende ogen naar de oude man keek.

'En nu vraag jij je zeker af wat dit allemaal met jou te maken heeft. Wel, misschien niets. Maar weet je. Laura woonde in het huis schuin tegenover waar jij nu woont. Aan de *Via Bacarelli* op nummer twee. Mima en haar man moeten daar nog wonen. Mima zien we niet vaak meer in de stad. Nadat haar kind overleed, is ze niet vaak meer gesignaleerd. Een enkele keer heb ik haar nog gezien met haar man. In hun auto. Nooit lopend en zeker niet alleen. Nooit heb ik haar weer gesproken. Er gaan verhalen rond in de stad. Al jaren. Maar wat kan ik met verhalen? Ik ben wel eens bij haar langs geweest. Heb er zelfs aangebeld, maar niemand opende ooit de deur.
Mima... ze was een goede vrouw. Haar ogen waren zacht. Er blonk zo veel liefde in.
En Laura... ze leek op haar moeder. Die ogen van haar. Je zou ze gezien moeten hebben. Bruingroen. En zo wijs. Ze was pas drie, maar leek het verdriet waar ik mee leef, te doorgronden, te begrijpen. Zonder dat ik het haar vertelde, wist ze wie daar lag.'

Giuseppe wees met zijn pezige hand naar de witte tombe.
Hij verviel opnieuw in stilzwijgen en draaide zich om. Hij liep terug naar de oude olijfboom, en bukte zich om zijn strohoed te pakken die hij daar had laten liggen. Eelke was met hem meegelopen.

'Weet je Giuseppe, iedere avond zit ik op het platte dak van het huis waar wij nu wonen. Ik zit daar met mijn laptop om met mijn oude buurmeisje in Nederland te mailen en te chatten.'

'Te wat? Te mailen en te wat?' onderbrak Giuseppe hem, terwijl hij met lachende ogen naar Eelke keek.
'Tjetten? Wat is dat nu weer? Tjetten, melen, leptop. Jullie jongeren blijven maar nieuwe dingen verzinnen.'

'Nou, ik bedoel gewoon…'

'Ja, ik weet heus wel wat je bedoelde. Ik maakte maar een grapje. Ik vertelde je al eerder dat ik veel las. En ja, ik weet het, in jouw ogen ben ik misschien oud, maar niet te oud om ook een computer te hebben. En je raadt het nooit. Ik heb zelfs een internetaansluiting, dus e-mailen doe ik ook. Chatten echter niet. Als ik met iemand wil praten, dan ga ik met iemand praten. Niet chatten dus. Wat een onzin is dat zeg. Het spijt me dat ik interrumpeerde, ga door met je verhaal Eelke. Enne… mag ik straks je e-mailadres?'

Eelke hervatte zijn verhaal. 'Ik schrijf mijn oude buurmeisje bijna iedere avond wel even een mailtje vanaf het dakterras van ons huis. Een paar weken terug - het was donker - zag ik iets op het dak van dat huis waar jij het over had. Het huis aan de *Via Bacarelli*. Dat huis heeft ook een plat dak weet je. En toen ik een moment over de balustrade tuurde, zag ik een vrouw aan de overzijde. Het leek of ze iets droeg, iets ondersteunde.'

'En je kon niet zien wat ze ondersteunde?'

'Nee, het was donker. Trouwens, ik was die dag aangereisd en was doodmoe. Ik had een flesje bier op, lauw bier, en was niet meer al te helder vrees ik.'

Giuseppe keek Eelke aan waarbij hij een hand op zijn schouder legde.

'Om op je gebed terug te komen jongen, ik heb geen idee wat je gelooft of in wie je gelooft. Misschien geloof je in de God die zegt een zoon te hebben die Jezus heet. Klopt dat? Sprak je met hem? Ken jij Jezus?'

Even kijkt hij Eelke vragend aan.

'Nou, kennen is wel een erg groot woord. Ik heb van hem gehoord, en weet dat God hem zijn zoon noemt.
'Als je met die God sprak,' zo ging Giuseppe verder, 'dan wil ik je het volgende ter overweging meegeven: ik heb geen idee waarom God tegen je zwijgt. Maar kan het niet zo zijn dat je zijn stem niet hoort vanwege het lawaai in je eigen hoofd? Is het wel stil genoeg in jou om zijn stem te horen? Weet je wat Jezus deed als hij met zijn vader spreken wilde?'

'Niet echt nee, zo goed ken ik hem dus niet,' zei Eelke lachend.

'Die Jezus, die man die God zijn zoon noemde, zocht de stilte op. Hij ontvluchtte de mensen, het lawaai om zo tot zijn Vader te kunnen komen. Zoek de stilte jongen. Net als hijzelf ook deed als hij zijn vader zocht. Misschien is die stilte wel de reden dat je negen maanden in dit land bent. Om tot rust te komen. Om even niets meer te horen. Om opnieuw zijn stem te herkennen, nu er niet veel anders is om naar te luisteren.'

Eelke keek naar Giuseppe. Hij leek iets te zoeken in zijn zakken. Even later diepte hij een smoezelig papiertje op en een stompje

potlood dat hij Eelke voorhield, waarna hij Eelke zijn rug toekeerde.
Eelke begreep de hint. Pakte het papiertje en het potlood van hem over, en schreef zijn e-mailadres op, waarbij hij de punt tussen het adres en de letters 'nl' zo hard neerdrukte in de rug van Giuseppe, dat deze even gromde.

Ze namen afscheid met de belofte elkaar op dezelfde plek snel weer te ontmoeten.

Hij had die avond voor zijn vader gekookt. Een eenvoudige pasta, met saus uit een potje. Gekocht bij de *supermercato,* de grote supermarkt iets buiten Cortona omdat hij daar niets hoefde te zeggen tegen het meisje achter de kassa.
Na het eten had hij samen met zijn vader de afwas weggewerkt.
Niet lang daarna was Eelke naar het platte dak gelopen. De zon was al achter de horizon verdwenen.
Hij opende zijn laptop en logde in op het internet. Even later zag hij dat Famke online was. Ze babbelden over koetjes en kalfjes. Eelke vertelde over zijn ontmoeting met Giuseppe. Famke vertelde over haar dag op school in Haren. Straks zou het weer weekend zijn. Dan zou zij zich weer vervelen. Geen andere doven om zich heen. Niemand met wie zij zou kunnen praten. Waarom sprak bijna niemand in gebaren? Waarom werden er zo weinig jongeren tweetalig opgevoed?

Een uur later sloot Eelke het gesprek af en zette de laptop geopend naast zich neer.
Hij dronk wat water uit de plastic fles die naast de bank stond.

Het was nog niet helemaal donker. Toch brandden er steeds meer lichten in de huizen van Cortona. Veel inwoners van de stad maakten zich op voor een avond voor de televisie.

Eelke stond op en liep naar de balustrade.
Hij tuurde naar de overzijde, naar het huis dat van Matteo en Mima moest zijn. Mima, die eigenlijk Mimo heette. Het huis waar Laura, hun driejarige dochtertje dat begraven was naast de vrouw van Giuseppe, eens woonde.
Wat een groot verdriet moest er in dat huis wonen. Hoe konden die mensen met dat verdriet omgaan. Was er misschien een ander kindje geboren in dat huis? Hadden Matteo en Mimo ooit een ander meisje of een kleine jongen in hun armen mogen houden? Hij zou het aan Giuseppe vragen.

Eelke keek naar het dakterras van het huis tegenover hem. Zijn blik viel op het zwarte raam, aan de rechterzijde van de deur. Het raam was zwart geweest zolang hij zich herinneren kon. Het was afgeplakt met iets, of geschilderd met zwarte verf.
Toen zag hij iets achter het venster bewegen.
Het zwarte papier dat voor het raam had gezeten, werd doorgescheurd.
Van boven naar beneden werd het papier weggenomen. Verscheurd. Van het venster afgerukt.

Twee handen drukten tegen het vensterglas. Alsof deze de gladheid wilden strelen.
Opeens zag hij haar. Iets meer dan tien meter verderop zag hij haar achter het raam.
Een meisje. Ze had lang zwart haar dat krullend over haar schouders viel.
Ze leek niet veel jonger dan hij te zijn. Haar wang hield ze een moment tegen het glas gedrukt.

Daarna drukte zij haar neus tegen het smerige venster. Een moment later ontmoetten haar ogen de zijne. Zijn hart vergat een kort moment te pompen. Zijn benen weigerden dienst, wilden hem niet langer dragen. Hij leunde zwaar met zijn armen op het verweerde hekwerk om niet te vallen. De haren op zijn arm en in zijn nek stonden overeind.

Het meisje drukte opnieuw haar beide handen tegen het glas en keek hem met haar grote ogen vragend aan.
Verstijfd stond Eelke achter het balkonhek, niet wetend wat te doen. Niet in staat zich te bewegen.
Het meisje bleef hem aankijken. Haar handpalmen waren wit.
Langzaam ging zijn eigen hand omhoog. Alsof hij het meisje wilde groeten. Zijn groet werd echter niet beantwoord.
Zij bleef hem aankijken. Geen moment knipperde zij met haar ogen.
Een seconde later was ze verdwenen.
Nog minutenlang stond hij aan de balustrade gekluisterd. Hij wachtte en hoopte dat het meisje dat hij gezien had zich weer zou vertonen.
Langzaam viel de duisternis over de stad.
De kleurige lucht werd donkerder. De enkele merel die nog op de nok zijn lied gezongen had, zocht een plaats om te slapen.

Eelke wreef in zijn ogen en keek naar het huis aan de overzijde.
Een kort melodietje dat van zijn laptop kwam, deed hem omdraaien.
Wat verdwaasd liep hij terug naar de bank, trok zijn laptop op schoot en opende zijn mailbox.
Hij had een nieuwe e-mail ontvangen.

Laura

Ze zat in de hoek van haar kamer op haar matras.
Net zoals gisteren en eergisteren en alle dagen daarvoor.
Zweetdruppeltjes parelden op haar neus.
De dag was heet geweest.

Maar wat betekende hitte?
Wat betekenen woorden voor een kind dat de betekenis van woorden niet kent?
Wat betekende morgen? Gisteren of eergisteren voor iemand die geen besef van tijd heeft?

Ze had die dag gehuild. Hard en lang.
Niet omdat ze honger had, of dorst of pijn, maar omdat ze wilde praten, woorden wilde uitspreken. Net zoals haar moeder sprak. Net zoals haar moeder woorden vormde met haar mond wilde ook zij woorden vormen.
Ze wilde zichzelf horen, maar de klanken kwamen niet.
Nu was ze stil. Al meer dan een uur tuurde ze naar het donkere raam.
De lichtstreep die de zon op de achtermuur getrokken had, was allang verdwenen.
De zon was onder. Ze wist dat het dan niet lang meer duurde voor zij niets meer kon zien. Voor de duisternis kwam.
En als de duisternis kwam, kwam voor Laura de stilte.
Kleuren en vormen betekenden voor Laura gebeurtenissen en situaties.

Licht betekende daarmee communicatie, geluid.
Duisternis de stilte.

Laura hield niet van het donker.
Er was dan niets om naar te kijken, niets om over na te denken.
Er was alleen maar stilte.

Vandaag zou ze niet naar het platte dak worden getild. Moeder, die even daarvoor het eten bracht en vers water achterliet, hield een sigaret in haar mond terwijl ze het brood en het water naast de deur zette.
Ze was bleek. Haar ogen waren rood doorlopen. Wallen hadden zich onder haar ogen afgetekend.
Maar wat betekenden de woorden bleek of rood voor Laura? Wat waren wallen? Ze had alleen iets gevoeld.
Laura voelde dat er zich beneden in het huis iets afspeelde, of afgespeeld had.
Iets wat belangrijk moest zijn.
Misschien iets wat voor verandering zou zorgen. Ondanks dat Laura meer dan twaalf jaren lang verstopt werd in het huis aan de *Via Bacarelli*, herinnerde Laura zich, zij het steeds vager, haar tochten door de heuvels samen met haar moeder. Steeds vager werden de herinneringen en steeds minder vaak zag ze de beelden van hun laatste wandeling door de heuvels in haar hoofd.

De stad in de verte. Het spelen bij de pomp. Het stokje waarmee ze in de nog vochtige aarde tekende. De geur die lenteregen bracht. De geuren die de wind meenam van zijn reizen door de heuvels. De donkere stadspoort waar ze een moment hadden uitgerust.

Het waren niet meer dan nevelflarden die heel af en toe door

haar geest dwarrelden. Herinneringen die haar een blij gevoel gaven.
Herinneringen die ze niet kon vasthouden. Ze merkte dat ze hier soms zomaar boos om werd.

Laura had het brood gegeten dat moeder achterliet.
De kruik zette ze op haar arm en bracht deze in een handig gebaar omhoog.
Met gulzige slokken dronk ze van het koele water. Even later veegde ze met de rug van haar hand de zweetdruppels van haar voorhoofd en neus.

Terwijl ze met haar linkerhand tegen de muur steunde en met haar rechterhand de stoel voortbewoog, schuifelde ze naar het afgeplakte raam.

Wat was er vandaag gebeurd?
Toen de zon nog niet heet was en juist tussen de kieren van het zwarte papier en het venster de kamer had weten binnen te dringen, had ze al gevoeld dat er iets aan de hand was.
Languit, op haar buik, had ze op de grond gelegen. Haar beide handen plat tegen de planken gedrukt. Haar wang, haar handen, haar hele lichaam wachtte gespannen op dat wat ze eerder vaag had waargenomen. Ze voelde trillingen. Heftige trillingen.
Ze hoorde de trillingen met haar hele lichaam. Met haar geest voelde ze hoe de spanning tussen de kieren van de vloer omhoog zweefde.

Hoelang had ze zo op de vloer gelegen? De zon was heet geworden. Zo heet dat er zweetdruppels op haar voorhoofd en neus stonden. Nog steeds lag ze op de vloer. Uiteindelijk verdwenen de trillingen. Het laatste wat ze voelde was het dichtslaan van de voordeur. Iemand moest het huis verlaten hebben.

Eindelijk stond ze voor het raam.
Ze bekeek het zwarte papier en zag dat het begon te scheuren in de hoeken en dat het verkleurde. Hoe vaak was het papier inmiddels vervangen?

Ze liet de stoel los terwijl haar andere hand verschoof van de muur naar de smalle vensterbank. Een dode vlieg die in de vensterbank lag, pakte ze voorzichtig op en legde deze op haar matras. Straks zou ze hem een betere plek geven. Allebei haar handen gingen nu naar het zwarte papier. Zo hoog mogelijk pakte ze het vast.
Toen liet ze haar handen langzaam zakken, terwijl deze het papier omklemden. Het oude, half vergane papier maakte geen geluid terwijl het in stukken uiteenviel.
Eindelijk liet ze het papier los.
Het fladderde op de grond waar het roerloos bleef liggen.

Laura keek naar het vensterglas. Dof van de inwerking van weer en wind. Smerig, in jaren niet gelapt
Ze betastte het. Voelde het koele gladde oppervlak en drukte er een kort moment haar wang tegen.

Ze keek naar buiten. Naar het terras. In de hoek stond de bank. Het kussen lag in de hoek. Ze drukte de klink van de deur naast het raam naar beneden, maar wist dat de deur vergrendeld zou zijn.
Laura verlangde naar haar vriend. Naar hem die haar kende, die haar begreep zonder dat er trillingen op haar keel te voelen waren en zonder dat haar lippen bewogen.

Haar blik gleed langs de bank naar de overzijde van de straat.

Toen zag ze hem staan.
Aan de overkant van de straat, achter de halfhoge balustrade stond een man. Met grote ogen keek hij haar aan. Het leek of zijn voeten hem niet konden dragen. Hij hing wat vreemd tegen het hekwerk.

Een moment was ze geschrokken en wilde zij zich van het raam afwenden. Laura wist dat haar moeder niet wilde dat ze andere mensen zag, en dat ze daarom alleen maar in het donker naar buiten mocht. Beschermd door het duister.
Zo veel had ze in de loop van al die jaren wel begrepen van haar moeder. Zolang de zon aan de hemel stond, mocht zij niet naar buiten.
Even maar schrok ze. Toch bleef ze staan. Haar moeders regel hiermee schendend. Met ogen die alles in zich opnamen stond ze secondenlang voor het venster.
Daarna gingen als vanzelf haar beide handen omhoog. Ze drukte deze tegen het vensterglas. Alsof ze de mens die op het andere dak stond, hiermee wilde groeten.

Laura, een kind van zestien jaar oud. Een kind dat nog nooit gegroet had. Een kind ook dat nog nooit begroet was.
Een kind dat niet wist wat deze woorden betekenden.

Ze bleef kijken naar hem aan de overzijde. Zijn donkere haar bewoog zo nu en dan even door de wind. Zijn ogen stonden vragend. Alsof hij iets weten wilde. Zijn hand ging omhoog.

Langzaam liet Laura haar handen zakken. Ze deed een stap naar achteren en zakte terug op haar matras.

Matteo

Beneden gooide Matteo met een keukenstoel. Hij vloekte luid toen de stoel tegen de muur uiteen barstte. Hij was naar de muur gelopen, en had de achterste twee stoelpoten gepakt die nog met elkaar verbonden waren.
Hard had hij de poten nogmaals tegen de muur geslagen waarop het tussenstuk versplinterde.
Met een stoelpoot in zijn hand was hij op Mimo af gelopen.

Mimo lag op de grond. Een rode plek tekende zich af op haar wang. Haar jurk was gescheurd. Matteo wilde vrijen met zijn vrouw, maar zij had dit geweigerd. Ze wilde niet meer klakkeloos gehoorzamen. Ze wilde niet meer verder leven op de manier waarop ze nu al bijna dertien jaar leefde. De maat was vol. Ze kon niet meer.
Toen Mimo haar lichaam niet vrijwillig had willen geven, was Matteo in woede uitgebarsten. Hij had haar jurk met zijn handen stukgescheurd, en Mimo met zijn vlakke hand in haar gezicht geslagen. Hij wilde nemen waar hij recht op had. Zijn vuisten beukten in haar onderbuik. Mimo had niet geschreeuwd. De vuisten die in haar maag ramden, deden haar ineenkrimpen. De inhoud van haar maag kwam voor een deel op de vuist van Matteo terecht, iets dat zijn haat nog meer deed ontbranden. Toen had hij de stoel gepakt en deze met alle frustratie die in hem was tegen de muur gekwakt.
Zo stond hij voor haar. Dreigend. De stoelpoot in zijn hand.

'Stom wijf, *va al diavolo,* loop naar de duivel, als ik vrijen wil, dan vrij ik met je, begrijp je dat? Maar ik wil je niet meer. Ik heb het helemaal met je gehad.
Sparisci! Donder op! Nee, beter nog, ik ga weg. Ik wil jou niet meer. Jij en dat achterlijke kind van je. *Svitato,* gek, gestoord zijn jullie allebei. Bekijk het maar. Ik zal jullie niet langer voeden en kleden. Jullie verdienen mij niet. Jullie zijn *che schifo!* Walgelijk! Ik heb al veel te lang mijn goede geld in jullie onderhoud gestopt. Genoeg. Het is genoeg. Ik ga, ik zoek wel een ander wijf. Een die mij respecteert. Een die weet dat ik Matteo ben. Matteo Piccardo.'

Hard sloeg de stoelpoot tegen Mimo's rug. Ze kreunde zacht. Haar linkernier had de klap geïncasseerd. Een golf van misselijkheid kwam opzetten.
Opnieuw kwam de stoelpoot neer. Ditmaal op haar achterhoofd.
Met gesloten ogen lag Mimo zo in de kamer.
Uit haar achterhoofd drupte bloed.
Matteo keek minachtend neer op het lijf dat als levenloos voor hem lag.
De stoelpoot die nog altijd in zijn hand lag, gooide hij op het lichaam van Mimo.

Ineens kreeg hij haast.
Met grote passen liep hij naar de voorraadkast in de kamer en pakte een grote boodschappentas. Met de tas in zijn handen liep hij twee treden tegelijk nemend de trap op. Terwijl het zweet over zijn gezicht stroomde, rukte hij zijn kleren uit de slaapkamerkast, en gooide deze in de boodschappentas. De kleding van Mimo gooide hij achteloos op de vloer. Zij zou deze niet meer nodig hebben.

Hij draaide zich om en liep naar de overloop. Even keek hij naar de trap die naar de zolder leidde.
Hij wist dat Laura op zolder was, al had hij haar al jaren niet gezien.
Hij had haar niet willen zien. Matteo had, sinds de in scène gezette begrafenis van zijn dochter, haar leven ontkend. Laura was dood voor hem. Betekende niets voor hem. Zijn vrouw had Laura verzorgd als hij sliep of naar zijn werk was. Hij had dit wel geweten, maar er nooit over gesproken. Er werd nooit gesproken over dat kind.
Toen Laura te groot werd voor de kamerkast, er niet meer in paste, en krom groeide door het voordurende liggen in gebogen houding, had Mimo haar op een dag naar de zolder gebracht. Matteo had dit wel opgemerkt. Toch had hij hier nooit over gesproken.

Het kind was dood. Begraven op het veld van Giuseppe Galibi. Naast die andere gek. Gabriella Galibi. De vrouw van Giuseppe. Twee gestoorde gekken waren naast elkaar in de grond gestopt.

Even flitste zijn ontmoeting met Giuseppe in Assisi door hem heen. Hij had Mimo voor het eerst ontmoet in de groente- en fruitwinkel waar Mimo werkte. Vlak voor hij wegreed in de rode Alfa had hij hem zien zitten. Wat verborgen onder de plataan. De landman had hem aangekeken. Het leek of hij dwars door hem heen keek. Hij had zich onzeker gevoeld. Haatgevoelens waren in hem opgekomen. Later, bij het graf dat de grijze man gedolven had voor het achterlijke kind, voelde hij die haat voor hem opnieuw opkomen.
Giuseppe had het kistje van hem overgenomen en hem een moment vragend aangekeken. Diep keek de oude man in zijn ogen die hij meteen neersloeg.

Zou Giuseppe geweten hebben dat er niets dan aarde in het kistje lag?

Matteo keek nog steeds naar de zoldertrap, de tas met zijn kleding nog in zijn hand geklemd.
Zou hij, voor hij het huis verliet, het kind ook doden?

Hij bukte zich en zette de tas op de vloer. Daarna draaide hij zich om en liep de steile trap omhoog die naar de zolder leidde.

Een hete windvlaag streek langs zijn bezwete lichaam.
Matteo stond stil. Alle vezels in zijn lijf waren gespannen. Hij rilde.
Vreemd.
De ramen en deuren in het huis waren gesloten. Het zweet brak hem opnieuw uit. De hitte was ondraaglijk. De bries die om hem heen leek te waaien, maakte hem nog warmer. Hij voelde zich licht in zijn hoofd worden. Met klamme vingers opende hij wat knoopjes van zijn overhemd. Zijn ogen traanden. Met de rug van zijn hand veegde hij het zweet van zijn voorhoofd.
Misschien moest hij eerst iets drinken voor hij het kind zijn handen om haar nek zou leggen.
Zijn hart ploegde in zijn borstkas. Steeds zwaarder voelde de last die op zijn borst drukte.
Matteo wilde zich omdraaien, maar zijn hoofd tolde. Duizenden stemmen in hem schreeuwden dat hij eerst naar boven moest om het kind te doden. Iets dat hij jaren geleden had moeten doen. Een fout die hij nu herstellen kon.
Opnieuw draaide Matteo zich om. Hij zette zijn voet op een hogere trede. De wind die om hem heen cirkelde, werd warmer. Al zijn kleren plakten aan zijn lijf. Zijn ogen traanden nu heftiger. Met beide handen wreef hij in zijn ogen, maar hoe harder hij wreef, hoe minder hij zag.

Toen nam hij de beslissing.
Het kind zou vanzelf doodgaan.
Wie zou haar voeden? Wie zou haar te drinken geven nu Mimo dit niet meer zou doen?

Op de tast vond hij de overloop. Het zicht in zijn ogen kwam langzaam terug. Hij pakte de tas op en liep de trap af naar beneden.
Mimo lag nog net zo in de kamer als hij haar even daarvoor had achtergelaten.
Vanaf de schoorsteenmantel pakte hij zijn autopapieren. Matteo liep naar de keuken en opende het vriesvak. Hij trok de onderste lade uit de vriezer en tastte met zijn hand in het ontstane gat.
Even later opende hij de enveloppe die hij daar verstopt had en controleerde de inhoud. Toen hij het geld geteld had, gooide hij de enveloppe op de grond en stopte het geld in zijn broekzak.
De deur van de vrieskast stond nog altijd open, toen hij de kamer weer in liep.
Uit zijn zak diepte hij een sleutelbos op. Even rommelde hij met de sleutels waarna hij twee sleutels, die hij inmiddels van de ring verwijderd had, voor Mimo neergooide.
Toen pakte hij de tas met kleding op en liep naar de deur. Nog eenmaal keek hij achterom waarna hij naar buiten liep.

De wind die hem op de zoldertrap zo plotseling had omringd en net zo plotseling was verdwenen toen hij naar beneden was gelopen, kreeg vat op de deur waarvan het handvat nog altijd in zijn hand lag.
De wind pakte de deur vast, en gooide deze hard in het slot, alsof de wind de deur voor deze man wilde sluiten.

Matteo merkte echter niets bijzonders. Hij opende de deur van de auto, gooide zijn kleding op de achterbank, startte de motor

en reed met veel te hoge snelheid de oude stad uit.
Hij had zijn vrouw vermoord. Hij kon niet in Cortona blijven. Maar hij had tijd genoeg. Niemand zou Mimo zoeken. Wie zou haar missen?

Matteo glimlachte om zichzelf. Zijn plan was meesterlijk. Eenvoudig, maar door zijn eenvoud geniaal.
Al maanden had hij zijn plan voorbereid. Hij zou naar Rome rijden. Daar liet hij zijn auto achter. Met de trein wilde hij verder reizen zodat hij geen sporen achterliet. De trein zou hem naar Napels brengen. In Napels wachtte het veer naar Palermo. In die stad had de politie niet veel te vertellen en zou hij veilig zijn. Een ander kapsel, een snor, een nieuw paspoort.
Een nieuw leven. Vrijheid. Geen vrouw of achterlijk kind die hem achtervolgde.
Vrijheid, ultiem geluk.

Matteo lachte nu hardop. Hij schaterde voluit en voelde zich vrij. Ontdaan van alle ballast.
Hij tastte naar het pakje Marlboro in zijn borstzak. Vond het doosje en pakte een sigaret.
Terwijl hij met zijn knieën het stuur bediende, haalde hij een lucifer uit het doosje. Even later ontbrandde deze. Hij inhaleerde diep terwijl hij de lucifer uit het openstaande raam gooide.
De pijn die hij op de zoldertrap voelde, kwam opnieuw opzetten. Terwijl de sigaret in zijn mondhoek bungelde, wreef Matteo met zijn rechterhand over zijn borst.
De pijn werd echter niet minder.
Opnieuw inhaleerde hij de rook van zijn sigaret.
Een windvlaag kwam door het geopende raam naar binnen.
Matteo wreef over zijn borst.
Zweet parelde op zijn voorhoofd.
Rome, nog tweehonderd kilometer.

Giuseppe en Eelke

Hoi Eelke,
Dank je wel voor de leuke middag die ik met je had in mijn tuin. Ik heb ervan genoten. Als je dit leest, klopt het mailadres dat jij mij vanmiddag gaf, en hebben we een werkende communicatielijn. Alles goed met je? Geniet je een beetje van jullie huis aan de Via Chibellina? Zit je nu op het platte dak zoals je dit iedere avond doet? En heb je nog met je vriendin in dat natte land van jou gesproken?
Ik zou het leuk vinden als we op deze wijze de extra contacten kunnen blijven onderhouden. Extra, want ik vind het bijzonder prettig als we elkaar ook van aangezicht tot aangezicht kunnen blijven ontmoeten.
Ik zie uit naar onze volgende ontmoeting, volgende week, zelfde dag, zelfde tijd en zelfde plaats.

Hartelijke groet en tot ziens
Jouw Giuseppe.

p.s.: Oh ja, wat ik ook erg graag wil weten, is of jij die vrouw nog hebt gezien die schuin tegenover je woont aan de Via Bacarelli. Dat andere huis met dat platte dak. Toen jij je verhaal vertelde, dacht ik meteen aan Mima. Ik zou haar graag weer eens spreken.

Giuseppe drukte op de verzendknop en zag aan het icoontje dat zijn mail verstuurd was. Hij hoopte dat hij het mailadres dat

Eelke op het briefje geschreven had, goed had geïnterpreteerd en niet fout had overgeschreven.
Een paar minuten bleef hij zo voor zijn beeldscherm zitten, terwijl hij met nietsziende ogen naar het scherm staarde.
Hij dacht aan Mimo.
Hij schrok op van het 'pling' geluidje, dat hem vertelde dat hij mail ontvangen had.
Giuseppe klikte met zijn muis op het nieuwe bericht en las een kort bericht van de provider die meldde dat zijn e-mail was aangekomen bij de geadresseerde, en dat deze het bericht op zijn beeldscherm had gehad.

'Dat is wel heel erg snel,' prevelde Giuseppe, terwijl hij glimlachte. 'Dan zal ik ook zo wel een antwoord ontvangen, schat ik in.'

Hij liep naar buiten, een kop thee in zijn handen meenemend. Even later liep hij op het grindpad dat om zijn boerderij lag. Bij de rand van zijn voortuin, daar waar de heuvel snel naar beneden liep, hield hij zijn pas in. De wind blies over de glooiende velden en bracht geuren mee van wilde kruiden: rozemarijn, tijm, oregano, salie en marjolein.

Terwijl hij van zijn hete thee nipte, gingen zijn gedachten terug naar Mimo en haar kind.
Laura, het was een schitterend kind geweest.
Doof, maar intelligent. Wat het kind miste aan gehoor, compenseerde het met gevoel, empathie. Hij herinnerde zich hoe dit kind naar hem gekeken had terwijl ze hand in hand naast het ornament van Gabriella stonden. Hoe oud zou ze nu geweest zijn als ze geleefd had? Een jaar of vijftien, zestien?

Giuseppe staarde in de verte. De contouren van de nu zwarte

heuvels staken af tegen de donkere nachtlucht. De hemel stond vol sterren.
Vermoeidheid doortrok zijn lijf.
Morgen was er weer een dag. Een dag waarin hij in de felle zon zou werken in zijn tuin, zijn olijfgaard.
Het was de tijd van de oogst.
Giuseppe draaide zich om en liep naar binnen. Hij sloot de deur achter zich en doofde het licht in de keuken. Snel kleedde hij zich uit in de nu donkere keuken en liep in zijn ondergoed naar de werkkamer om daar zijn pc van het internet uit te loggen en uit te schakelen.
Terwijl hij de muis al in zijn hand had om af te sluiten, zag hij een icoontje rechtsonder in zijn scherm dat hem vertelde dat hij nieuwe mail ontvangen had.
'Zie je wel,' prevelde Giuseppe, terwijl hij glimlachend op het berichtje dubbelklikte.
Terwijl hij voor zijn bureau stond, met een hand leunend op het blad, en met zijn rechterhand de muis sturend, las hij de post die Eelke hem had gestuurd.

Beste Giuseppe,
De verbinding werkt zoals je ziet. Dank voor je mail.
Ik ben erg van slag Giuseppe, en sta nog een beetje te trillen op mijn benen. (Ondanks dat ik nu weer zit.) Jij vertelde mij vanmiddag over een meisje dat in jouw tuin is begraven, nu zo'n dertien jaar geleden. Wel, vanavond stond ik op ons dakterras, en keek naar de overzijde. Het huis waar Mimo woont. Dat huis heeft een zolderkamer met een raam. Dat raam is, zolang ik hier woon, al afgeplakt geweest met zwart papier.
Vanavond heeft een meisje, ik schat haar op een jaar of vijftien, zestien, het papier van het raam verwijderd.
Ik heb haar gezien Giuseppe. Ik heb haar gezien. Ik weet niet wie het is. Het leek of ze mij iets zeggen wilde, maar dit niet

kon. Met haar beide handen drukte ze tegen het glas, alsof ze naar buiten wilde. En dan die ogen. Die ogen Giuseppe, precies zoals jij vertelde. Alsof die ogen wisten wat er in mij omging. En dat terwijl er meer dan tien meter tussen ons lag, en ik haar nog nooit eerder gezien heb. Het moment duurde kort, veel te kort. Na dit moment verdween ze zoals ze ook gekomen was. Hebben die mensen nog een kind? Ik weet niet wat ik moet doen. Misschien kan ik morgen bij je langskomen om verder te praten.
Ik voel me wat radeloos, maar kan nu verder niets doen. Of ik slapen kan, betwijfel ik.
Groet,
Eelke

De hand waarmee Giuseppe tegen het bureau leunde, trilde. Zijn benen trilden ook. Ondanks dat hij in zijn katoenen ondergoed in de koele kamer stond, parelde zweet op zijn voorhoofd. Een druppel gleed langs zijn neus naar beneden en maakte een vlek op het bureaublad.
Hij pakte de stoel die even verderop had gestaan en liet zich hierop zakken.
Opnieuw las hij het bericht terwijl het trillen van zijn lichaam heftiger werd. Een kort moment boog hij zijn hoofd. Alsof hij eindeloos moe was.
Nogmaals las hij het berichtje, ditmaal wat langzamer. Daarna liep hij naar buiten. De vermoeidheid die even daarvoor door hem heen trok, was verdwenen. Adrenaline gierde nu door zijn lijf. Zijn hersenen werkten op volle toeren.
In zijn ondergoed en op blote voeten liep hij over het grindpad naar de rand van zijn tuin. Onder een donkere cipres zette hij zich neer. Met zijn handpalmen omhoog gericht hield hij zijn geopende handen omhoog. Alsof hij deze wilde laten vullen. Zijn hoofd was gebogen, zijn ogen gesloten. Zijn lippen prevel-

den onverstaanbare woorden.
Zo zat Giuseppe daar enkele minuten.
Daarna kwam hij overeind. In zijn hoofd was de chaos van vragen tijdens het moment van stilte verdwenen. Hij wist wat hij doen moest.
Met grote stappen liep hij naar de keuken, en kleedde zich snel aan. Het T-shirt dat hij die dag gedragen had, verruilde hij voor een schoon exemplaar.
Even later startte hij zijn auto, en reed te snel het zandpad af naar de stad. Grote stofwolken waren het enige dat minuten later herinnerde aan het snelle vertrek van Giuseppe.
Hij besloot de smalle straten van de stad te mijden en zover als mogelijk buiten de muren om te rijden.
Langs de *Viale Cesare Battisti* reed Giuseppe. Hij passeerde de Kerk van de Heilige Geest en parkeerde zijn auto achter het klooster *San Agostino*. Hijgend en bezweet, niet gewend aan het harde lopen, bereikte hij even later de *Porta Bifora Etrusca*, waarna hij de trappen op liep die uitmondden in de *Via Chibellina*.

Even later stond hij voor het huis van Mimo. Een moment keek hij omhoog naar het huis ertegenover, om te zien of hij Eelke zag. Het huis waar hij met zijn vader woonde, was echter donker. Ze moesten beiden slapen. Hij tuurde op zijn horloge, het licht zoekend van een straatlantaarn. Over enen was het. De stad was stil. Weinig geluiden drongen nog door vanuit het centrum van de stad naar deze straat. Bijna iedereen sliep. Het leven in Toscane begon 's ochtends vroeg, als het nog donker was, lang voor de zon over de heuvels kwam.
Nog steeds hijgde Giuseppe. Hij probeerde zijn ademhaling op orde te brengen en veegde het zweet van zijn voorhoofd. Zijn shirt plakte op zijn rug. Hij liep naar de voordeur van het huis van Mimo.

Opeens voelde hij een zachte wind langs zijn wangen. De wind voelde aan als een streling.
De landman keek omhoog. Hij sloot zijn ogen. Een glimlach krulde om zijn lippen.
Hij pakte de deurkruk in zijn hand en drukte deze naar beneden. De deur was niet op slot en gaf makkelijk mee.

Binnen was het donker. Hij zag geen hand voor ogen. Tastend zocht hij naar een lichtschakelaar. Toen het licht brandde nadat hij de gevonden schakelaar had omgezet, zag hij haar liggen.
Midden in de kamer lag zij op de grond. Achter haar hoofd lag een plasje bloed. Op haar onderlichaam lag een stoelpoot waarvan het bovenste deel rood gekleurd was. Voor de vrouw lagen sleutels op de grond.
Giuseppe bukte zich over Mimo heen, pakte haar arm, en drukte met twee vingers op de halsslagader.
Hij streelde haar voorhoofd terwijl zijn lippen haar naam prevelden.

'Mima, Mima, wat heeft hij toch met je gedaan?
Waarom ben je niet naar mij toe gekomen? Ik had je kunnen helpen.'

Hij voelde haar onregelmatige hartslag.
Giuseppe pakte zijn mobieltje uit zijn broekzak, en drukte het nummer van de alarmdienst waarna hij in een paar korte zinnen vertelde wat er nodig was.
Even later liep hij naar de keuken, pakte een kruik, en vulde deze met vers water. Hij hield de kruik voor de mond van Mimo waarbij enkele druppels op haar lippen vielen. Mimo maakte smakkende geluiden terwijl haar tong haar lippen likte.
Giuseppe tilde haar hoofd omhoog, daarbij uitkijkend de tafelpoot niet met zijn handen aan te raken, bang om sporen uit te

wissen die naar de dader zouden wijzen.

Met haar hoofd op zijn knieën gaf hij haar opnieuw wat water.

Iemand klopte op de deur. Eerst zacht, daarna harder.

'Giuseppe, ben jij binnen? Is alles oké met je?' hoorde hij Eelke roepen.

'Kom maar binnen Eelke,' antwoordde Giuseppe, 'de deur is open.'

Een seconde later stapte Eelke de kamer binnen. Vol ongeloof keek hij naar de chaos in de kamer. Toen zag ook hij haar liggen. Het hoofd van de vrouw op de schoot van Giuseppe die achter haar zat.

'Is dat Mimo?' vroeg hij zacht.

Giuseppe knikte kort.

Mimo opende op dat moment haar ogen en keek naar Giuseppe.

'Giuseppe, jij bent het?' fluisterde ze.

'Ssst, niets zeggen Mimo. Je bent gewond, ik heb een ambulance gebeld. Ze zullen zo wel komen. Zeg nu niets Mimo. Mima, mijn Mima, alles zal nu goed komen.'

'Giuseppe, Laura, Laura...'

Mimo tilde met de laatste kracht die in haar was, haar arm omhoog, en wees naar het plafond waarna ze haar ogen sloot en opnieuw wegzakte in een zwarte vergetelheid.

Met grote ogen keek Giuseppe naar de vrouw die op zijn schoot lag. Hij tastte naar haar pols en controleerde haar hartslag opnieuw.

Toen hij haar polsslag voelde, keek hij naar Eelke.

Ze begrepen elkaar zonder woorden.

Voorzichtig liep Eelke tussen de rommel door die de kamer in een ravage had veranderd. Hij pakte de trapleuning in zijn

hand en liep de trap op naar boven.
Op de overloop bleef hij een moment besluiteloos staan. Hij zocht en vond de lichtschakelaar. De zoldertrap was steil. Aan beide kanten was een houten leuning bevestigd. Hij gebruikte deze en klom moeizaam naar boven.
Op de kleine zolderoverloop stonden twee emmers. Een washandje en twee handdoeken lagen in een emmer. Shampoo en zeep stonden ernaast.
De overloop was slechts een meter lang en een meter breed. Voor hem was een afgesloten deur. Hij bewoog de deurkruk naar beneden terwijl hij zijn oor tegen de deur drukte. Aan de andere zijde van de deur was het echter stil.
De deur gaf niet mee, was gesloten.
Eelke tastte met beide handen over de deurposten, zoekend naar een sleutel om de deur mee te openen, maar vond deze niet.
Besluiteloos stond hij voor de deur. Toen herinnerde hij zich de sleutels die op de grond lagen, voor Mimo.
Haastig draaide hij zich om, en liep veel te snel de trap af. Struikelend bereikte hij de benedenverdieping waar Giuseppe nog steeds met Mimo op schoot zat. Hij streelde haar haar en fluisterde onverstaanbare woorden.
Vragend keek Giuseppe naar Eelke.

'Heb je haar gevonden?' vroeg hij hem.
'De deur zit op slot. Maar…'
Giuseppe keek snel naar het gezicht van Mimo. Iets voor haar hoofd lagen twee sleutels los op de grond. Hij pakte ze beide en bestudeerde ze even.
Ik denk dat deze sleutel van de buitendeur is. Deze zou wel eens van…'
Voor Giuseppe uitgesproken was, had Eelke de sleutels al uit zijn handen gegrist.

Twee treden tegelijk nemend, nam hij de eerste trap. Iets voorzichtiger liep Eelke de zoldertrap op.
Opnieuw stond hij op de kleine overloop. Hij bekeek het deurslot terwijl hij de sleutels naast het slot hield. De sleutel die het meest leek te passen, duwde hij in het sleutelgat. Hij draaide deze naar rechts en voelde dat het mechanisme bewoog.
Een zachte klik vertelde dat de deur ontsloten was.
Met bonzend hart stond hij met de kruk in zijn handen. Hij drukte deze naar beneden en voelde hoe de deur zich opende.
Voorzichtig duwde hij de deur verder open.
Een windvlaag opende de deur helemaal. Hij voelde hoe de wind langs zijn wangen streek. De haren op zijn armen en in zijn nek stonden overeind.
Een steeds groter wordende streep licht trok door de kamer om uiteindelijk de hele kamer te laten baden in het licht.
Toen zag hij haar.

Laura

Ze lag op haar matras en tuurde naar de stofjes.
Het licht dat even daarvoor alle gelegenheid had haar kamer binnen te komen, werd snel minder. De zon was allang ondergegaan. Het donker zou zo komen. Laura hield niet van de nacht. In de nacht was er geen communicatie. Was het stil in haar hoofd.

Ze keek naar de stofjes en verwonderde zich erover dat ieder stofje vroeg of laat neerdaalde op de plankenvloer.
Geen enkel stofje bleef zweven.
Geen enkel stofje steeg op.

Alles raakte uiteindelijk de grond.
Al zo veel jaren lang.

Iedere dag verwonderde zij zich over de stofjes zoals ze zich ook verwonderde over alle andere dingen die haar ogen waarnamen.

Voorzichtig ging ze in een andere houding liggen. Ze kreunde daarbij zacht.
Ze dacht terug aan het moment waarop ze hem zag staan, achter de balustrade aan de overzijde. Ze had zijn ogen gevonden en had zijn vragen hierin gelezen.
Ze had haar beide handen tegen het venster gedrukt, om hem te vertellen dat zij niet langer wilde wonen op de plaats waar zij

nu woonde. Ze verlangde naar de velden waarvan zij zich vaag herinnerde daar ooit eens met haar moeder te zijn geweest. Naar de heuvels waartussen de korenvelden lagen. Steeds vager werden haar herinneringen naar dit alles. Ze verlangde naar de wind die haar streelde en haar vertelde dat hij van haar hield. Ze verlangde naar haar vriend die ze altijd weer ontmoette op het platte dak.
Toch had ze zich weer verstopt. Teruggetrokken.

Langzaam werd het donker in de kamer.
Ze zag de sterren aan de hemel verschijnen. Eerst een, toen nog een, daarna zag ze ontelbare lichtjes de hemel verlichten. De woorden ster en licht kende ze niet. De verschijnselen zag ze echter zoveel beter dan miljoenen anderen.

Laura ontwaakte terwijl het nog steeds donker was.
Ze moest plassen.
Met haar ene hand leunde ze tegen de muur. Met haar andere bewoog ze de stoel vooruit.

Niet veel later schuifelde ze terug naar het venster. Het maanlicht stroomde uitbundig naar binnen.
Haar voeten vingen trillingen op. Haar moeder kwam naar boven.
De trillingen hielden een moment later plotseling op.
Ze tuurde naar de deur en zag dat de deurkruk naar beneden bewogen werd.
De vloer trilde opnieuw. Nu heftiger. Alsof haar moeder snel de trap af liep.

Het meisje liet zich op het matras zakken.
Met haar rug tegen de muur keek ze naar het venster.
Ze tuurde naar de stofjes die naar beneden zweefden.

Stof...

Opnieuw voelde ze trillingen. Ze legde haar hand op de vloer en keek naar de deur. De deurkruk bewoog.
Een windvlaag dwarrelde door de kamer.
De deur opende zich helemaal.

Oog in oog stond ze met hem die ze deze avond aan de overzijde van de straat gezien had.
Hij stond daar maar, zijn ogen wijd geopend.
Een tijd lang stond hij daar, in de deuropening. Met grote ogen naar het meisje kijkend.
Eindelijk bewogen zijn lippen.
'Laura, ben jij het? Laura?'

Ze kende haar naam niet, maar herkende de vormen die zijn lippen maakten. Het waren dezelfde bewegingen die haar moeders lippen ook maakten, als zij haar riep.
Hij liep op haar af.
In een reflex deinsde Laura terug en krabbelde, haar beide armen gebruikend, zo ver mogelijk in de hoek van de kleine kamer. Ze was niet bang. Ze kende geen angst voor deze mens. Toch week zij van hem weg. Haar ogen wijd opengesperd.
Ze ademde zwaar.

Op zijn knieën ging hij voor haar zitten.
Hij zei niets. Sprak geen woorden. Zijn ogen keken in die van haar en probeerden te achterhalen waar zij aan dacht.
Toen stak hij zijn handen naar haar uit. Beide handen reikten naar haar. Wachtend tot zij zijn handen zou aanpakken.
Laura keek beurtelings naar de geopende handen en naar de ogen van de jongen die tegenover haar zat. Wat wilde hij van haar? Vond haar moeder het goed wat hier gebeurde? Waar was

haar moeder? Hoe kwam het dat deze jongen bij haar op de kamer was?
Met vragende ogen bleef ze Eelke aanstaren. Zijn handen bleven leeg in de lucht hangen.
Toen bewoog ze haar lippen en sprak een van de weinige woorden die ze ooit leerde van haar moeder.
'Mamma?'

Heel veel later...

Ze zaten met zijn vieren achter het oude landhuis van Giuseppe. Het gras was, misschien voor de laatste keer dat jaar, juist gemaaid, en verspreidde een zoete lucht. De lucht was nog steeds helder. Toch was het najaar tastbaar aan het naderen. De eerste bladeren vielen van de bomen. De velden waren kaal, en de wind bracht wat vaker regens mee van zijn lange reizen.
Mima lag in een hangmat die Giuseppe voor haar geïnstalleerd had. Giuseppe, Laura en Eelke zaten om de hangmat heen in grof getimmerde stoelen.
Die morgen was Giuseppe met Mima opnieuw naar het ziekenhuis geweest. Daar waren de laatste controles uitgevoerd, en was het verband van Mima's hoofd verwijderd. Nu lag Mima met haar ogen gesloten in het zeildoek dat af en toe bewoog door de wind.
Ze was moe van de reis, en sliep.
Giuseppe had met de autoriteiten af kunnen spreken dat Mima onder zijn verantwoordelijkheid bij hem in huis zou wonen tot haar zaak voorkwam. De aanklacht, zware kindermishandeling, zou tot veroordeling kunnen leiden voor een vrouw die ook zelf slachtoffer was in deze zaak.
Mima hoefde door de autoriteiten niet meer veroordeeld te worden. Zij had zichzelf al veroordeeld.
Haar straf was levenslang.

Toen Giuseppe zag dat Mima sliep, stond hij op.
'Ik moet nodig de administratie bijwerken Eelke. Als je mij no-

dig hebt, ik ben binnen. Misschien wil jij je even over Mima en Laura ontfermen?'
Hij liep naar het huis. Toen hij in de deuropening stond, keek hij nog een keer naar de tuin. Alsof hij er zeker van wilde zijn dat alles in orde was.

Eelke keek naar Mima en zag dat zij in diepe rust was. De wonden op haar gezicht, haar achterhoofd en op de rest van haar lichaam waren nog steeds zichtbaar, maar zouden snel genezen. Of de wonden in haar ziel zouden genezen, hing van veel factoren af.

Nadat de ambulance Mima naar het ziekenhuis had gebracht, was Giuseppe naar boven gekomen.
Toen hij de zolderkamer binnenkwam, keek hij om zich heen en nam de kamer minutieus in zich op.
Kale wanden, een oud matras in de hoek van de kamer, en een stoel. Een kruik water naast haar matras en een stuk brood. Voor het venster lagen enkele stukken zwart papier op de grond. Naast de deur stond een emmer waarop een oud bord lag. Hij tilde het even omhoog.

Was dit haar wereld geweest?
Meer dan dertien jaar lang?
Leven als een beest. Gekooid en verstopt voor de ogen van de wereld.
Waarom?
Wie had dit vreselijke op zijn geweten?

Hij wilde daar echter niet langer over nadenken en liep op Eelke en Laura af.

Giuseppe zakte door zijn knieën en ging naast het meisje zitten. Een penetrante geur steeg op uit het matras. Hij rook het niet. Had alleen maar oog voor het meisje dat naast hem zat. Hij keek haar aan terwijl de tranen uit zijn ogen stroomden.

'Oh God,' prevelde hij, 'welk mens doet dit een medemens aan? Welke satan woonde in dit huis? Welk mens mishandelt zijn kind op deze gruwelijke manier? En waarom heeft Mima hierin toegestemd?'

Zijn hand ging omhoog. En terwijl hij haar naam noemde, tilde hij haar kin omhoog zodat hun ogen elkaar vonden.

Laura herkende zijn ogen en ontspande zich.
'Jij bent het, Laura, het kind waarvan de wereld dacht dat zij naast Gabriella begraven ligt. Maar jij bent niet dood. Jij leeft, Laura. Ik zal voor je zorgen. Ik zal je alles geven wat in mijn vermogen ligt. Je zult wonen op mijn land, in mijn huis. Je zult wandelen in mijn tuin, en ik zal naast je zijn, voor je zijn en achter je zijn. Ik zal je beschermen met mijn handen, met mijn voeten. Met alles wat ik heb, zal ik je omringen, beschermen en liefhebben. Jij, Laura, jij, mijn kind.'

Giuseppe stak nu zijn beide armen uit naar het kind. Laura, die niets van zijn woorden had begrepen, begreep wel dat deze man liefde was, en haar liefde wilde geven.
Zij pakte zijn uitgestoken handen aan, waarna Giuseppe het kind naar zich toe trok.
Hij streelde het kind terwijl zij op zijn schoot zat.

Giuseppes ogen zochten die van Eelke.
Zwijgend zaten ze op zolder. Wachtend op wat komen ging.

Uiteindelijk was de politie boven gekomen. Giuseppe en een agent droegen Laura naar beneden waarna Eelke zich over het meisje ontfermde. Giuseppe ging met de agenten naar de keuken om het hele verhaal uiteen te zetten, en legde uit waarom hij de politie en een ambulance gebeld had.

Later, veel later reden ze met zijn drieën naar het landhuis van Giuseppe. De politie wilde Laura eerst meenemen en onderbrengen in een tehuis. Giuseppe overtuigde de agenten er echter van dat hij het kind, evenals de moeder als deze terug zou komen uit het ziekenhuis, zou verzorgen tot het moment dat justitie mogelijk anders zou beslissen.
Giuseppe en Eelke ondersteunden Laura terwijl ze samen naar het landhuis liepen.

Giuseppe had een van de logeerkamers in gereedheid gebracht, waarna hij het meisje naar boven tilde.
Hij sloot de zware gordijnen om het prille morgenlicht buiten te sluiten. Het kind had zich verwonderd over alles wat ze zag. Het zachte bed. De schone witte lakens. Het grenen dressoir met de grote spiegel. Toen Giuseppe het kind uitkleedde, en haar een T-shirt van zichzelf liet aantrekken, had ze even later haar spiegelbeeld ontwaard.
Meer dan vijf minuten keek ze naar zichzelf terwijl ze roerloos voor het dressoir stond. Even stak ze haar hand uit naar de spiegel, alsof ze niet geloofde dat zij het was die ze zag.
Ze toonde geen emoties. Huilde niet, was niet boos en leek niet verdrietig te zijn.
Zwijgend, met een zekere gelatenheid, maar met grote ogen alles in zich opnemend, liet ze zich naar bed brengen door Giuseppe. Hij stopte haar in, streelde nog een keer over haar wang, en deed het licht uit. De deur van haar kamer liet hij openstaan, zodat de kamer niet helemaal donker zou zijn.

Eelke stond buiten de slaapkamer op Giuseppe te wachten. Zwijgend keken ze elkaar aan, alvorens Giuseppe het woord nam.
'Kom jongen, we maken een bak koffie, en daarna proberen we nog wat slaap te pakken.'

De hangmat bewoog zacht in de wind. Mima's ogen waren gesloten. Haar oogleden trilden. Ze droomde. Laura keek haar moeder aan en streelde haar hand.
Toen stond ze op, pakte haar stok en keek Eelke vragend aan.
Ze stak haar hand vragend uit.
Wachtend op de zijne.

Eelke

Die ochtend, de zon stond al hoog aan de hemel, was Eelke naar huis gelopen. De met cipressen omzoomde zandweg was stil geweest. Alleen vogels zongen hun hoogste lied. Muggen dansten om zijn gezicht. Een enkele krekel liet al van zich horen. Verder was er niets dan stilte. De luide Toscaanse stilte.

In het landhuis hadden Eelke en Giuseppe nog een espresso gedronken voordat ook Giuseppe zich opnieuw uitkleedde om nog een uurtje slaap te zoeken.

Eelke was niet moe. Wel duf. De nacht was lang geweest. En ook bijzonder. Zijn voeten maakten kleine stofwolkjes op het droge zandpad.
Hij overdacht de vreemde nacht
Alles trok opnieuw in zijn gedachten voorbij.
Hij had Giuseppe het mailtje gestuurd, maar had daarna de slaap niet kunnen vatten. Niet veel later was hij naar zijn slaapkamerraam gelopen om het te openen. Hij wilde de zwoele hitte van de dag die nog in de kamer hing, verdrijven. Terwijl hij het raam opende, had hij naar beneden gekeken.

Was dat Giuseppe die hij daar zag staan? Liep hij naar het huis van Mimo?
Hij schoot zijn kleren aan. Zacht, om zijn vader niet te wekken, was hij naar beneden geslopen.

Even later had hij Giuseppe zien zitten naast die vrouw, te midden van de chaos.
Weer later: de zolder, het kind. Laura heette ze, had Giuseppe gezegd.
Waar is Matteo, vroeg Giuseppe zich hardop af terwijl ze hun espresso dronken. Waar heeft die satan zich verstopt, had hij boos geroepen, waarbij hij met zijn vuist op tafel sloeg.
En waarom had Mima ingestemd met het begraven van een lege kist en het verstoppen van hun kind? Of had Mima hier niet mee ingestemd, maar werd ze gedwongen door haar man? Werd ook zij mishandeld?
Zo veel vragen. Zo weinig antwoorden.

Laura… had zij werkelijk haar leven op zolder geleefd? Was zij nooit onder de mensen geweest? En was het waar wat Giuseppe hem had verteld: Was het meisje doof? Was zij zonder taal opgegroeid?
Kan iemand die zonder taal is opgegroeid denken? Zij kunnen voorwerpen, mensen, dieren en gebeurtenissen immers geen naam geven. Had het meisje gedachten? Wat waren deze gedachten dan? Kun je leven zonder taal? Hoe leef je dan? Wat denk je dan? En hoe moest het verder met haar? Moest ze naar een inrichting? Zouden de verantwoordelijke instanties het kind bij Giuseppe laten wonen?
Kon hij iets voor haar betekenen?

Was dit de reden dat hij, Eelke, hier was?
Zo lang had hij getwijfeld over het nut van een klein jaar Italië. Wat had hij hier te zoeken behalve het samenzijn met zijn vader? Was dit jaar alleen maar om hem duidelijkheid te verschaffen welke vervolgstudie hij zou moeten volgen? Of waren er andere redenen voor hem om hier te zijn?
Zijn gedachten gingen terug naar het moment van stilte in de

tuin van Giuseppe. Hij herinnerde zich dat hij om uitleg en opheldering had gevraagd voor zijn aanwezigheid in dit land.

Eelke was de *Porta Bifora Etrusca* inmiddels door gelopen, en beklom de trappen die uitmondden in de Via Chibellina.
Zijn vader was al naar zijn werk. Er lag een briefje op de keukentafel waarin hij vertelde dat hij op tijd zou thuiskomen om te koken.
Eelke glimlachte.
Zijn vader en koken. Dat zou dus een eenvoudige pasta worden, met saus uit een potje.
Hij liep naar boven, pakte zijn laptop van zijn kamer, en opende de deur die naar het dakterras leidde.
Hij logde in op het internet, opende zijn mailbox en schreef Famke een bericht.

> *Hoi Famke,*
> *Vandaag zijn er veel dingen gebeurd die misschien een grote invloed zullen hebben op de rest van mijn leven. Ik heb een jonge vrouw ontmoet die meer dan dertien jaar door haar ouders is verstopt in een kleine kamer.*
> *Verstopt, voor de ogen van de wereld afgeschermd.*
> *En waarom?*
> *Ik weet het waarom nog niet helemaal precies. Het zou kunnen zijn dat haar ouders zich schaamden omdat het meisje doof is. Misschien ook speelt er iets anders wat ik nog niet weet.*
> *Wat ik wel weet is dat het meisje doof is en nooit spraak heeft geleerd. Ook heb ik haar geen gebaren zien maken zoals jij die maakt. Ik denk dat ze zonder taal is opgegroeid.*
>
> *Hoe dan ook: het is een doof meisje. Een meisje dat dagen, maanden, ja zelfs jarenlang heeft gewacht tot er iemand kwam die haar communicatie leert.*

Lieve Famke: ik wil dat je mij leert vingerspellen. Ik wil dat je mij gebaren leert spreken, zodat haar ogen mijn handen kunnen lezen. Met mijn handen wil ik haar helpen.

Vanavond 18.00 uur online! Oké? Dan praten we verder!
Liefs,
Eelke

Hoi Famke, hoe is het?

Alles oké hier. Het regent, hoe is het daar? Warm zeker! Maar vertel, klets er niet langer omheen. Wat is er gebeurd? Je hebt me met je mail erg nieuwsgierig gemaakt vanochtend vroeg.

Nou, wel bijzonder allemaal Fam. In het huis tegenover het onze hebben een vriend en ik een meisje gevonden. Ze is een paar jaar jonger dan ik. We weten nog lang niet alles van dit meisje.

Wat wil je dan van mij weten?

Nou, Laura, zo heet ze, is net als jij doof.

Als dit meisje doof is zoals jij zegt, waarom wil je dan dat ik jou leer vingerspellen? En wat heb je eraan als ik je leer spreken in gebaren?

Hoe bedoel je Famke? Als ik deze taal leer, kan ik dit haar misschien ook leren.

Wat ik bedoel Eelke is: blijft dit meisje in Toscane, of zal ze ooit naar Nederland komen?

Ik begrijp je nog steeds niet. Waarom zou ze naar Nederland moeten komen? En waarom wil je dit weten?

Begrijp je echt niets? Jullie mannen van Mars…☺
Wat ik bedoel is: vingerspellen en gebarentaal zijn NIET internationaal. Ik spreek de Nederlandse gebarentaal, en ik kan mij uiten met behulp van het Nederlandse handalfabet.
Begrijp je het nu!?

Ja, sorry. Dom. Nee, dat wist ik allemaal niet.
Dus ik heb er niets aan als jij mij de Nederlandse gebarentaal leert, begrijp ik.

Nou, niet voor Laura in ieder geval.
Wel als je mij nog beter wilt kunnen verstaan.
☺ ☺

Ja, oké.
Wat adviseer je mij nu?

Omdat ik wist dat jij van Mars komt, heb ik al contact opgenomen met mijn mentor hier op onze school in Haren. Hij adviseert je een school te zoeken voor doven in Rome. Er is daar een oude, maar bijzonder gerespecteerde school die ooit door nonnen is gesticht.
Op deze school zul je je verhaal moeten proberen uit te leggen. Maar, Eelke, neem van mij aan: jouw probleem is bijzonder complex. Je schreef dat dit meisje misschien heel haar leven opgesloten is geweest. Dit kan betekenen dat zij zonder taal is opgegroeid. Besef je wel wat dit inhoudt? Opgroeien zonder taal! Geen woorden kennen. Is dat leven? Kun je leven zonder taal?

Ja, ik weet het. Misschien heb je gelijk.
Maar ik zie aan Laura dat er wel leven mogelijk is zonder taal.
Wat de kwaliteit van dat leven echter is…?
Zijn er nog meer dingen waar ik iets aan heb?

Ja, ik heb, zoals ik al vertelde, hier op school jouw vraag voorgelegd. Mijn mentor gaf me het boek 'De Man Zonder Woorden', geschreven door Susan Schaller. Dat boek vertelt van een man die zonder taal is opgegroeid.
Misschien kun je daar iets mee.

Hmm. Mooi. Hoe kom ik eraan?

Heb het al gepost vanmiddag. Je krijgt het, als jullie postbodes daar tenminste geen vakantie vieren net als jij, over een dag of drie, vier.

Oké slimmerd. Super bedankt, als ik van Mars kom, waar kom jij dan vandaan?

Oh ja, en je zou ook nog op het internet kunnen zoeken naar Kaspar Hauser en L'Enfant Sauvage (the Wild Child). Twee kinderen die zonder taal zijn opgegroeid. Heftige verhalen. Met name het verhaal van Kaspar kan interessant zijn voor je. Weet je, hij is van zijn tweede tot zestiende levensjaar opgesloten geweest in een klein kamertje (1,5x2meter) en is zonder contact met mensen opgegroeid. Ik dacht ergens in Tirol, begin 1800 of zo. Het bijzondere was, dat toen Kaspar uit zijn kamertje kwam, hij alle (taal- en andere) achterstanden die hij had, binnen twee jaar had weggewerkt. Het was een hoogintelligent kind. Daarnaast ook hoogsensitief.
Oh, dat brengt me meteen op het antwoord op je vraag. Wat denk je van Venus?

Bekend als de meest intelligente planeet. (!)
Laten we eerlijk zijn Eelke: op Mars is nooit intelligentie gevonden. Op Venus is nog niet gezocht. Zou kunnen dus ☺

Ja, genoeg Famke.
He, ik moet gaan. Ik hoor mijn vader thuiskomen. Hij zou koken. Ben bang dat ik hem helpen moet als ik nog iets lekkers hebben wil.

Oh, ook van Mars begrijp ik?

Genoeg Famke, nogmaals bedankt voor alles.
Spreek je morgen.
HvJ xxx
Eelke

Eelke sloot het chatprogramma af, en zocht een zoekmachine op het internet. Hij tikte 'Kaspar Hauser' in, en verwonderde zich over de vele zoekresultaten.
Meer dan een half uur zat hij te lezen. Hij schrok op toen zijn beeldscherm zwart werd.
'S… , batterij leeg.'
Hij klapte zijn laptop dicht, legde deze op de bank, en liep naar de balustrade.
Het huis aan de overzijde was donker. Er brandde geen licht. Alle luiken waren gesloten. De politie had de voordeur afgesloten en verzegeld.
Morgen zou hij met Giuseppe spreken over de voorstellen van Famke. Of eigenlijk de voorstellen van het doveninstituut in Nederland. Zou Laura ooit kunnen lezen? Kunnen spreken in gebaren? Kunnen vingerspellen? En wat had dit met hem te maken? Wat had dit alles überhaupt met hem te maken?

De geur van aangebrand vlees deed hem opschrikken uit zijn overpeinzingen.
Het eten brandde aan!

Laura en Eelke

Haar ogen stonden geen seconde stil. Bang om iets te missen van wat deze zagen. Haar ogen zouden nooit verzadigd raken. Er was zo veel in de tuin te zien. Zo veel te voelen ook. Er was zo veel tijd in te halen.

Ze wandelden in de tuin. De olijftuin van Giuseppe. Eelke liep naast haar zoals hij de afgelopen weken altijd naast haar had gelopen als ze gingen wandelen.
Hij ondersteunde Laura af en toe terwijl zij zich met behulp van haar stok voorzichtig voortbewoog.
Iedere dag liep ze een beetje beter. De dagelijkse beweging en de buitenlucht deden haar zichtbaar goed. Er was kleur op haar wangen gekomen, haar armen waren gebruind en haar voeten vonden met meer zekerheid hun weg.

Zonder stok of kruk zou Laura echter nooit kunnen lopen. Daarvoor was haar rug door de jaren heen te krom gegroeid.

De najaarsmorgen was koel begonnen. Maar nu, tegen het middaguur, was de kracht van de zon meer voelbaar. Geen blad bewoog aan de stoffige olijfbomen.
De stilte was nadrukkelijk. Zwijgend liepen ze door de tuin. De wandelingen naar de tuin van Giuseppe werden een dagelijks uitstapje. Een uitstapje waar zij beiden naar uitkeken, al wisten ze dit niet van elkaar.

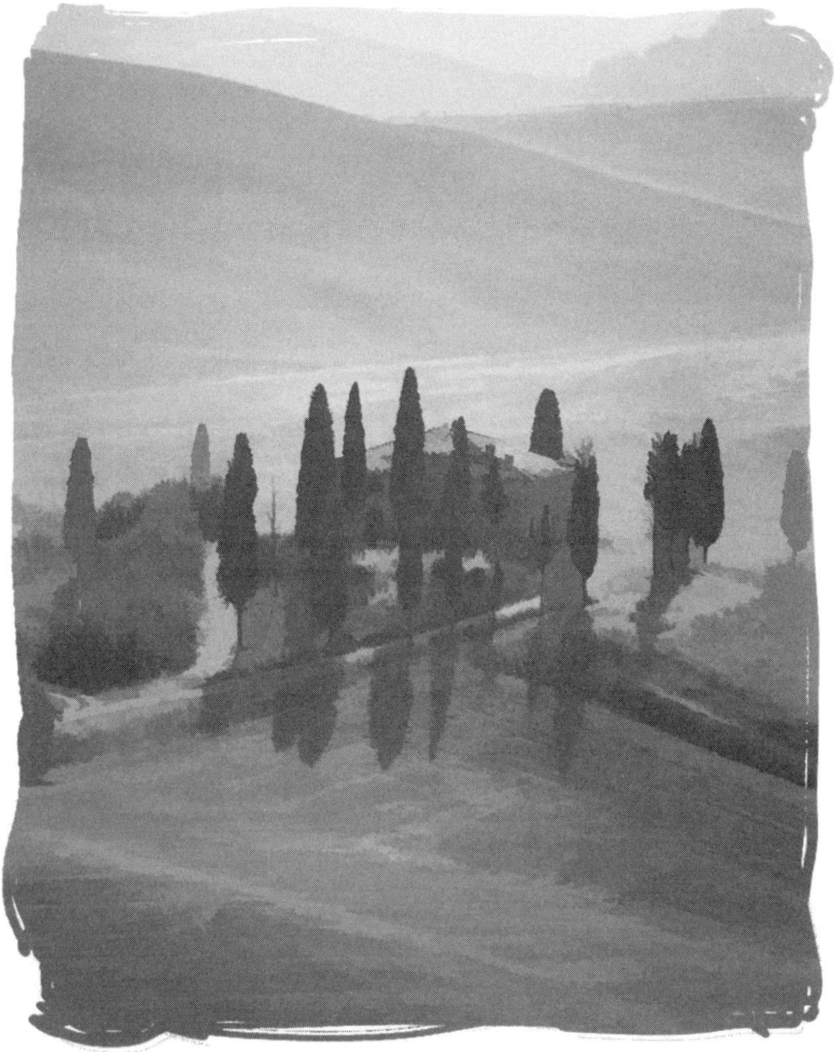

Laura genoot van alles wat zij in Eelke vond: zijn openheid, zijn vrolijkheid, zijn hulpvaardigheid.
En Eelke genoot van Laura's onschuld en haar zuivere identiteit die nog niet door vooroordeel en taal bedorven waren.

Gelijk met zijn vader stond Eelke iedere morgen op waarna hij de ontbijttafel in gereedheid bracht. Terwijl vader wat afwezig, nog met de slaap in zijn ogen, zijn nog warme broodjes at die Eelke even daarvoor bij de *Panetteria* had gekocht, waren Eelkes gedachten al bij Laura.
Nadat zijn vader in de auto stapte om naar zijn werk in Perugia te rijden, deed Eelke de vaat, en haalde vluchtig de stoflap door het huis. Eens per week deed hij de was en het strijkwerk dat zijn vader voor hem overliet.

Al voor negenen liep hij de trappen af en de *Porta Bifora Etrusca* door, de stad achter zich latend. De golvende velden die voor hem lagen en die hem aan het begin van zijn verblijf in Toscane zo hadden bekoord, merkte hij niet meer op. Zijn gedachten waren bij hen die in het landhuis van Giuseppe woonden.
Terwijl hij de kilometers naar het landgoed van Giuseppe liep, zag hij haar in gedachten zitten in haar witgeschilderde stoel.
Hij dacht na over de mogelijkheden om met Laura te communiceren. Hun wandelingen werden altijd in stilte doorgebracht.
Soms wees Eelke naar iets moois dat hij zag: een vogel, een wolk met een vreemde vorm.
Laura keek dan zijn vinger na, waarna ze hem even toelachte.
Begreep zij wat hij bedoelde te zeggen?
Wist ze waar hij naar wees?
Hoe kon hij contact met haar krijgen?
Hoe kon hij een meisje van bijna zestien jaar die geen taal kende, en zonder woorden was opgegroeid, duidelijk maken dat ieder voorwerp, ieder onderdeel van de schepping een naam had.

Stoel, deur, raam, stof, wolk, bloem…
Woorden met een betekenis. Woorden waar het verstand zich iets bij voorstelde. Woorden die uitgesproken konden worden met de mond en door het vormen van de lippen, door klanken die in de keel werden gevormd, maar ook uitgesproken konden worden met een handgebaar, met mimiek. Woorden waarvan de letters konden worden gespeld met vingers.

Veel had Eelke hierover met Famke gesproken, die op haar beurt weer veel over dit onderwerp sprak met haar mentoren op de school voor doven en slechthorenden in Haren. Eelke had de boeken gelezen die Famke toegestuurd had, en had inmiddels begrepen dat het aanleren van taal bij iemand die zonder deze taal is opgegroeid, een uiterst zeldzame gebeurtenis was die niet altijd goed verliep.

'Zullen we hier gaan zitten?' vroeg Eelke, wijzend naar de grond, wetend dat er geen antwoord zou komen.
Hij spreidde de plaid uit op de grond waarna hij Laura hielp om te gaan zitten.
Hij ging tegenover haar zitten en keek haar aan. Zijn ogen vonden die van haar. Laura's mondhoeken gingen omhoog. Ze lachte naar hem en stak hem haar hand toe. Dat deed ze vaker. Het was haar manier om even contact te hebben. Om hem te voelen. Om een mens in haar nabijheid te weten.
Lang hield Laura zijn hand vast waarbij ze verwonderd in zijn ogen keek.

Eelke wilde iets zeggen, maar wist dat het zinloos was.
Hij pakte de fles water die hij meegenomen had. Schroefde de dop los en bood haar de fles aan.
'L'acqua,' zei hij, waarbij hij met zijn mond overdreven articuleerde.

'Je mag dat meisje onder geen beding Nederlands proberen bij te brengen hoor!' herinnerde hij zich Famkes woorden. 'De hele situatie is al zo vreselijk complex. Ga het voor haar niet moeilijker maken dan het al is. Als je zelf al zonodig wilt gaan dokteren, doe het dan in de taal van het land waar zij woont en waarschijnlijk ook zal blijven wonen.'

'L'acqua,' zei hij nogmaals, waarbij hij wees op de inhoud van de fles.
'La bottiglia,' vervolgde hij, wijzend op de fles zelf.
Laura keek hem aan en lachte vriendelijk terwijl ze de fles van hem aanpakte en een slok water dronk.
'L'acqua,' herhaalde Eelke, onderwijl een drinkgebaar makend.
Hoeveel weken probeerde hij nu al op deze manier tot haar door te laten dringen dat voorwerpen een naam hadden. Het begon hem te frustreren. Al honderden keren had hij haar verteld dat datgene wat in de fles zat, water was, en dat datgene wat het water omhulde een fles was. Al die keren had Laura hem aangekeken en gelachen.

Laura gaf hem de fles terug en keek om zich heen.
Haar aandacht was afgedwaald en gevestigd op haar omgeving.
Hier was zo veel meer te zien dan zij jaren achtereen op haar kamer had gezien. Daar was alleen het stof dat zij aandachtig bestudeerde. Stofjes waren het geweest die zij opmerkte, terwijl de wereld om haar heen oneindig veel groter was.

'Kom maar Picco, kom maar hier. Hier zitten we.'
Gelijktijdig zagen ze hem aan komen lopen, en nu riep Eelke hem.
Kleine Picco. Een hondje van amper twintig weken oud van een ondefinieerbaar ras was hen achternagelopen. Giuseppe had

hem op een dag gevonden tezamen met zijn broers en zusjes. In een juten zak hadden ze gezeten. Ze lagen aan de kant van een stroompje dat alleen na een stevige bui gevuld was met water. Picco was de enige pup die nog leefde. De andere waren al dood. Giuseppe had de pup gehouden en hem Picco genoemd, omdat het zo'n kleine hond was.
De andere pups had hij in zijn akker begraven. Het waren ongewenste schepsels. En voor ongewenste schepsels was bij Giuseppe altijd plaats.

Laura had de hond ook gezien en stak haar hand uit om hem zo te roepen.
Opeens flitste er iets door Eelke heen.
Hij stond op en liep naar de kleine hond.
Hij pakte Picco op en ging op zijn knieën tegenover Laura zitten.
Daarna pakte hij Laura's hand, drukte deze tegen Picco's rug. Met zijn beide handen gekromd voor zijn borst, zijn vingers naar buiten gericht en zijn tong een stukje uit zijn mond, maakte Eelke het gebaar dat voor hond staat. Een internationaal gebaar dat iedereen begrijpen kon. Ook zij die niet met gebarentaal waren opgegroeid. Toen wees hij opnieuw naar Picco, en sprak het woord '*Cane*'.

Laura keek hem aan. Haar blik verried niets.
Geen enkele gedachte liet ze door haar ogen of houding doorschemeren. Doodstil zat ze voor hem. Haar rug stijf tegen de boom gedrukt.
Opnieuw drukte Eelke, zich bewust van haar aandacht, haar hand tegen de rug van de hond. En opnieuw krulde hij zijn beide handen voor zijn borst waarbij zijn tong een stukje uit zijn mond stak.
'*Cane, il Cane,*' riep hij.

Hond, de hond.
Tot viermaal toe herhaalde hij het gebaar, gevolgd door het woord waarbij hij haar hand op Picco bleef drukken.
Toen viel haar mond open. Haar gezicht begon te stralen van opwinding. Veel te snel probeerde ze op te staan waarbij ze struikelde en weer op de grond belandde.
De kleine hond schrok zo van haar plotselinge reactie dat deze opsprong en zich achter een olijfboom verstopte.

Laura kroop naar Eelke toe, pakte zijn armen beet, en schudde hem door elkaar.
Eelke maakte zich van haar los, stond op en haalde Picco achter de boom vandaan. Hij wees op de hond, maakte het gebaar en noemde het woord.

Toen begon Laura te huilen. Geluidloos vielen haar tranen op de droge aarde.
Na eindeloze jaren in eenzaamheid te hebben doorgebracht. Na eindeloze jaren in het niets te hebben doorgebracht. Zonder woorden, zonder taal. Waarbij een stoel iets was wat er stond omdat het er stond. Waarbij stof iets was wat er altijd al was geweest. Waarbij water iets was wat geen naam had. Waarbij zijzelf niet bestond, want zij had geen naam. Na deze eindeloze jaren kreeg het leven kleur. Kreeg alles wat haar ogen waarnamen een naam. Kreeg zijzelf ook een naam en besefte zij dat zij leefde.

Ook zij ging op haar knieën zitten. Tegenover Eelke. Ze wees naar Picco en imiteerde het gebaar dat hij eerder maakte. Haar onwillige lippen formuleerden een woord: *Cane*.
Ze stond op. Steun zoekend bij Eelke, haar handen op zijn schouder, keek ze hem aan. Toen liet ze hem los, en herhaalde het gebaar dat zij even daarvoor maakte, wijzend op Picco.

Even keek ze Eelke vragend aan. Haar vinger wijzend naar zichzelf. Haar blik zoekend. Haar ogen wijdopen. Eelke begreep wat ze bedoelde, maar wist zich geen raad met de vraag. Is het mogelijk de naam Laura te vatten in een gebaar?

Wie was deze jonge vrouw voor hem? Wat betekende zij voor hem? Zijn gedachten gingen terug naar de zomer. Naar de velden waar hij vaak doorheen liep. De duizenden zonnebloemen, hun kopjes omhoog gericht. Smekend om warmte, om kracht, om…

Hij keek naar Laura, haar hoofd omhoog gericht. Hij zag haar ogen, vragend, smekend om warmte, om kracht, om…

Toen begreep hij het: haar naam was te vatten in een woord.
Weliswaar niet in haar eigen naam, maar wel in datgene wat zij voor hem is gaan betekenen.
Zonnebloem.

Smekend keek ze hem aan, wijzend op zichzelf.
Toen maakte Eelke het gebaar.
Zijn rechterhand ging omhoog, naar de hemel, de zon. Zijn hand maakte de beweging alsof deze de zon wil grijpen en naar beneden wil trekken. Zijn linkerhand hield dan die vastgegrepen zon vast, waarbij zijn rechterhand vanuit een laag standpunt omhoog rees. Alsof er iets omhoog groeit. Bloeit.
Opnieuw maakte hij het gebaar, wijzend op Laura.

Toen begreep ze het. Ze herhaalde haar naam en maakte de gebaren die haar een naam gaven.
Zonnebloem gebaarde ze. Zonnebloem, wijzend op zichzelf.
En opnieuw begon ze te huilen. Ditmaal met diepe uithalen, vreemde klanken uitstotend.

Eelke legde zijn armen om haar heen en streelde haar rug. Hij begreep dat deze dag de meest bijzondere dag zou blijven in het leven van Laura.
Deze dag had Laura begrepen dat alles wat zij zag een naam heeft. De hond, de bomen, de bloemen.
Op deze dag kreeg zij een naam.
Op deze dag begreep Laura dat ze bestond.

Langzaam maakte zij zich van hem los. Met ogen die rood waren van tranen keek ze Eelke aan. Ze lachte. Toen ging haar hand omhoog naar zijn wang. Zacht streelde zij zijn wang. Eelke sloot zijn ogen en onderging haar liefkozing. Hij wilde haar kussen, maar besefte dat dit niet kon. Dat dit veel te vroeg was, als het daarvoor ooit tijd zou worden. Was dit meisje niet veel te gekwetst om ooit lief te hebben? Toch verlangde hij ernaar nog dichter bij haar te zijn. Hij trok haar naar zich toe. Drukte zijn neus in haar lange haar, snoof haar geur diep in zich op.

Minutenlang stonden zij zo onder de oude olijfboom. Eeuwen had de olijf aan zich voorbij zien trekken. Zijn oude bast vertoonde scheuren die lieten weten dat de boom zou sterven. Groene loten hadden de opening in de scheuren gevonden. Jong leven groeide in de boom, en zocht zijn weg naar buiten.

Laura maakte zich van Eelke los en deed een stap terug. Zij wees op zichzelf, en bedacht haar eigen eerste gebaar. Ze sloot haar ogen en hield haar hoofd schuin. Eelke begreep haar. Ze was moe, wilde weer zitten op het kleed in de schaduw van de boom. Hij gaf haar een hand en hielp haar om te gaan zitten. Hij drukte zijn rug tegen de ruwe bast. Laura legde haar hoofd in zijn schoot. Haar hand zocht de zijne waarna zij haar ogen sloot. Even later hoorde hij haar regelmatige ademhaling.
Minutenlang keek hij naar het slapende meisje. Nog steeds had

ze zijn hand in die van haar. Voorzichtig, bang haar wakker te maken, zakte hij onderuit tot hij een houding gevonden had waarin hij makkelijk lag.

Met zijn ogen omhoog gericht, keek hij naar het bladerdak van de olijfboom.

Het blad ritselde.

De wind speelde met de bladeren.

Zijn ogen werden zwaar.

Mima en Giuseppe

'Heb je zin om een eindje te lopen, Mima? Het zal je goed doen.'
Vragend keek Giuseppe naar Mimo.
Vanaf het moment dat Mimo en haar dochter bij hem in huis woonden, had hij haar Mima genoemd. Een nieuwe naam. Niet langer een koosnaam van haar winkelende klanten, maar een nieuwe naam die een nieuw begin aanduidde.
Mima keek naar Giuseppe. Ze lag in de hangmat zoals ze iedere dag in de hangmat lag: te moe om iets te doen. De nachten werden vaak wakend doorgebracht. En als ze sliep kwamen de dromen die haar deden ontwaken. Angstzweet parelde dan op haar hoofd. De herinnering aan het verleden kon zij niet van zich afschudden.
Had zij niet meer kunnen doen? Had zij haar dochter niet op een andere wijze kunnen beschermen? Wanneer zou hij weer terugkomen om haar op te eisen? Wanneer zou hij haar opnieuw opsluiten? Haar slaan? Haar mishandelen?
Te angstig om terug te keren naar haar droom, bleef ze wakker. Mima knipte haar bedlampje aan en pakte dan een boek. Ze probeerde zo haar gedachten te verzetten.
Als het eerste ochtendgloren aanbrak, en de hemel in het oosten grijs kleurde om daarna in vele tinten oranje uiteen te spatten, kwam ze uit bed.
Ze vond Giuseppe vaak druk bezig in de keuken. Hij had het ontbijt al voor hen in gereedheid gebracht.

'Heb je vannacht weer gedroomd, Mima?' vroeg hij haar.
Zwijgend keek ze hem aan. Even knikte ze dan.
'Doe het maar rustig aan vandaag, meisje. Misschien slaap je de komende nacht wat beter.'

Na het ontbijt ging Giuseppe aan het werk in zijn tuin. Mima deed het hoogstnodige in het huis totdat zij zich moe voelde worden.
De hangmat lonkte verleidelijk naar haar. Het was niet alleen een plek om te rusten, maar vooral ook een plaats om te schuilen en zich in te verstoppen. Als Mima het zeil dicht om zich heen wist, leek het net of niemand haar vinden kon. Alsof zij zich verstoppen kon voor de wereld. In de hangmat wist zij zich veilig, geborgen.

'Heb je zin om een eindje te lopen, Mima?' herhaalde Giuseppe zijn vraag. 'Het zal je echt goed doen meisje. Eens moet je de wereld toch weer tegemoet treden. Je kunt je niet altijd blijven verstoppen. Laten we vandaag naar de tuin gaan. Ik moet daar nog iets doen. Iets belangrijks waar ik jou bij nodig heb.'

Mima gluurde over de rand van het zeildoek en zag dat Giuseppe haar vragend aankeek. Zijn grijze haar krulde onder zijn flanellen hoed uit. Hij stak zijn hand naar haar uit, wachtend tot zij deze aan zou pakken.
'Kom, laat mij je helpen.'
Zonder verder af te wachten, pakte hij haar hand, en trok haar voorzichtig overeind.
'Heb je nog ergens pijn, Mima? Gaat het?'
Zwijgend liet zij zich door hem overeind trekken.
'Is het belangrijk wat jij in de tuin moet doen? En heb jij mij daar echt bij nodig?' vroeg ze hem.
Giuseppe lachte raadselachtig.

'Ik heb jou echt nodig Mima. Misschien wel harder dan je denkt. Kom. Kom uit je schuilplaats, meisje. De wereld wacht. Veel te lang heb jij je verborgen moeten houden. Het is tijd om opnieuw te leren leven.'

Samen liepen ze over het grind dat onder hun voeten knerpte. Giuseppe bood haar zijn arm aan. Aarzelend accepteerde zij deze en stak haar arm door de zijne.
'Alleen maar om te steunen hoor,' zei ze.
'Tuurlijk, dat begrijp ik best. Zo had ik het ook bedoeld,' hoorde ze hem zeggen.

Gearmd liepen ze het pad af. Giuseppe pakte zijn flanellen hoed, en drukte deze op het hoofd van Mima, waarna hij haar aankeek.
'Staat je goed, Mima. Heel goed zelfs.'
Mima raakte het hoofddeksel even aan met haar vrije hand, en drukte deze wat rechter op haar hoofd.
Even keek ze Giuseppe aan. Ze zag zijn lachende ogen. Haar mondhoeken krulden plotseling omhoog.
'Je bent nog mooier als je lacht, wist je dat?'
Haar gezicht betrok meteen.
'Niet zeggen, Giuseppe. Wat moet ik met een compliment? Ik weet niet hoe ik daarmee om moet gaan. Niet meer zeggen, wil je?'
'Je zult er maar aan moeten wennen, Mima. Je bent wat ik zie. En ik zie een mooie vrouw, die nog mooier is wanneer ze lacht. En niemand die mij dit verbiedt te zeggen. Zelfs jij niet. Wen maar aan complimenten.'
Even keek Mima opzij en zag zijn ernstige ogen die nu op het pad waren gericht.
'Ik heb nooit complimenten gehad, Giuseppe. Matteo zei nooit veel. En als hij iets zei dan…' Haar zin stokte. Met haar vrije

hand wreef ze over haar voorhoofd.

'Mima, jouw oude leven is voorbij. Dat is over. Die hel ligt achter je. Ik begrijp dat je dit niet vergeten kunt. Het is ook allemaal nog zo vers. Je hoeft echter ook niet te vergeten. Jouw verleden is immers onderdeel van je leven. Maar er ligt iets nieuws vóór je. Daarvoor zul jij je ogen moeten openen. Vertel mij: hoeveel jaren heeft Matteo jullie in jouw eigen huis opgesloten?'

Even was het stil. Giuseppe voelde de druk van haar arm toenemen. Alsof ze meer steun bij hem zocht nu ze terugdacht aan wat achter haar lag.

'Meer dan zestien jaar, Giuseppe. Voor Laura geboren was, was ik al zijn gevangene. Ik mocht toen al niet de deur uit zonder hem. Toen mijn kind geboren werd, leek alles beter te worden, al had Matteo liever een zoon gezien. Stiekem maakten Laura en ik tochten door de velden rondom Cortona. Ik herinner me...'

Opnieuw verviel ze in stilzwijgen. Haar ogen keken in de verte terwijl ze stilstond.

'Ik herinner me dat wij samen door de heuvels rondom Cortona dwaalden. Laura liep aan mijn hand. Haar korte beentjes deden er alles aan om mijn tempo bij te houden. Vaak droeg ik haar. Het moet voorjaar zijn geweest. We werden overvallen door een plotselinge bui. Niet ver van waar wij waren, zag ik een oude en onbewoonde boerderij. Ik tilde Laura op en rende naar de boerderij. Tijdens onze wandelingen door de heuvels zong ik soms. Ik was dan gelukkig, zo samen met mijn dochter.
Thuis kon ik niet zingen. Thuis moest ik doen wat Matteo mij opdroeg te doen. Iedere dag tegen twaalf uur 's middags kwam

hij thuis om siësta te houden. Zodra hij thuiskwam, controleerde hij het huis. Hij wilde zien of ik alles gedaan had wat hij mij opgedragen had te doen. En iedere dag opnieuw vroeg hij me of ik stiekem weggeweest was. Ik mocht alleen naar buiten als hij hiervoor toestemming verleende. Meestal niet alleen, maar samen met hem. Hij heeft nooit van Laura gehouden. Misschien alleen de eerste dag. Ik weet nog hoe hij daar stond in onze slaapkamer. Trots hield hij haar omhoog om het kind zijn achternaam te geven. Hij had zich voortgeplant, al was het maar via een meisje. Het leek of hij een overwinning vierde met zichzelf. Mij had hij niet in de gaten. Vanaf het moment dat de baby voor het eerst huilde, was zijn liefde voor het kind echter voorbij. Een week na de bevalling eiste hij alweer mijn lichaam op. Iedere dag opnieuw. Als hij tussen de middag thuiskwam...'

Mima stond opnieuw stil en tuurde naar haar voeten. Giuseppe legde zijn arm om haar schouder, drukte haar dicht tegen zich aan.
Toen zetten hun voeten zich weer in beweging.

'Ik was gelukkig met mijn kind. Ik hield van mijn stille meisje. Als ik tijdens onze stiekeme wandelingen zong, legde zij haar hand op mijn lippen. De eerste keren dat zij dit deed, dacht ik dat zij niet van mijn zingen hield. Later merkte ik dat Laura haar hand ook op mijn borst legde, en mijn lippen bestudeerde. Langzaam maar zeker begreep ik dat mijn dochter doof was, nooit zou kunnen horen, en dat zij onbewust wist dat haar handen de rol van haar oren moesten overnemen. Hoe moest ik dit Matteo vertellen? Hij eiste perfectionisme in alles. Als hij wist dat zijn dochter een handicap had, zou hij van haar af willen. Hoe moest ik dit hem vertellen?
In die verlaten boerderij stond ik lang voor het venster. De ramen moeten door jongeren kapot gegooid zijn. Het glas knarste

onder mijn voeten herinner ik me. Ik hoor het nog knarsen en ruik de muffe geur die in de vochtige ruimte hing.

Assisi. Daar ben ik geboren. Daar was ik gelukkig. Mijn stad. De heilige stad. Ken je Assisi? Ach natuurlijk ken je Assisi. Je kwam immers toen ook al bij mij in de winkel voor je groenten en fruit.'

'Eigenlijk kwam ik voor iets anders', bekende Giuseppe. 'Eigenlijk kwam ik niet voor die zoete meloenen of de zure citroenen. Ook kwam ik niet voor de andijvie en de kool. Ik kwam er voor jou. Vanaf het moment dat ik jou zag, en jouw ogen las, wilde ik je beter leren kennen.'

Mima keek hem aan. Haar hand ging aarzelend naar zijn wang.
'Hoe komt het dat je mij vertrouwt Mima? Ik bedoel: je bent je halve leven door een man mishandeld. Ik ben ook een man. Net als Matteo.'
'Nee, niet net als Matteo. Jij bent zo anders. Jij lijkt in iets op mijn vader. Je hebt zijn ogen. Ogen waarin God leeft.'

Toen vervolgde Mima haar verhaal.
'Ik wilde terug naar Assisi. Samen met mijn dochter. Er was geen andere keus. Ik moest weg uit Cortona. Weg van die demon. Weg uit dat huis. Uit die gevangenis, maar wist niet hoe. Op weg terug naar huis stond ik stil in de stadspoort. We schuilden voor de zon in de schaduw van de poort. De bui was allang voorbij en de hitte had de stad opnieuw in zijn greep. Laura speelde op de grond en zat met haar rug naar mij toe. Nog een keer wilde ik haar testen. Misschien was ze niet doof. Misschien was Laura stijfkoppig en wilde ze gewoon niet spreken. Dat kan. Sommige kinderen vertikken het te spreken. "Laura, ik

moet het straks aan papa vertellen. Ik moet hem vertellen dat jij niet horen kunt." Dat zei ik tegen haar. Ik hoopte zo dat mijn kind zou reageren, maar ze bewoog niet. Ze speelde en maakte tekeningen in het zand. Zij had mij niet gehoord. Toen wist ik het zeker: mijn kind zou nooit kunnen horen.
Niet lang daarna heb ik het hem verteld. Waarom? Misschien hoopte ik dat hij medelijden zou tonen. Ik bleef hopen, tegen beter weten in. Er zijn ook vrouwen die blijven hopen dat hun drinkende man ooit zal stoppen met het drinken van alcohol. Misschien ook wel tegen beter weten in.'
'Maar waarom ben je niet gevlucht zoals je wilde? Waarom ben je bij je man gebleven? Je verblijft toch niet vrijwillig in de hel? Je kon toch vluchten als hij naar zijn werk was?'

'Ik had een belofte afgelegd, Giuseppe. Een belofte van trouw. In goede en slechte tijden zou ik bij hem blijven. Dat beloofde ik mijn man. Maar dat beloofde ik ook aan God.'

'Maar wil God dan dat je vrijwillig bij zijn vijand verblijft?'
'Nee, dat niet. Ik denk zelfs dat hij wil dat wij uit de buurt van zijn vijand, die ook onze vijand zou moeten zijn, moeten blijven. Maar weet je, net als die vrouwen die bij hun aan alcohol verslaafde mannen blijven, in de hoop dat er een kentering komt, zo bleef ik bij Matteo. Trouw aan mijn belofte, in de hoop op verandering. Mijn hele leven heb ik van God gehouden. Vanaf het moment dat ik kind was, ging ik al intiem met hem om. Daarmee bedoel ik dat hij een vast onderdeel van mijn leven was, en niet een wederkerend zondags verschijnsel. Altijd was hij er. Moest ik mijn trouwbelofte, die ik voor zijn aangezicht deed, breken? '

Zonder Giuseppes antwoord af te wachten, vervolgde zij haar verhaal.

'Toen ik Matteo vertelde dat Laura doof was, verzamelden zich veel kwade geesten in hem. Ze leken zich te groeperen en trokken in mijn man. Hij sloeg mij en mishandelde mij. Net zolang tot ik mijn bewustzijn verloor. Veel later kwam ik tot bewustzijn. Ik kon niets zien. Mijn ogen waren dichtgeplakt door gestold bloed. Mijn onderbuik deed vreselijk veel pijn. Ik wist niet dat ik zwanger was. Niet zeker in ieder geval. Juist dat weekend had ik een test willen kopen om hier zekerheid over te krijgen. Mijn kind raakte ik die dag kwijt. Mijn man was een moordenaar geworden. Toen wist ik het: mijn trouwbelofte was voor een man geweest, niet voor een moordenaar. Ik moest hem verlaten. Met veel moeite stond ik op. Ik hoorde mijn kind beneden huilen. Ik moest naar mijn kind, wilde haar troosten. Hoelang was zij alleen geweest?

Toen vond ik haar. In een kast lag ze. Opgesloten. En ik? Ik was ook opgesloten. Het huis was op slot. Ik kon er niet uit. De deuren waren afgesloten. Mijn kind lag opgesloten in een kast. En ik lag aan de andere kant van de kastdeur. Ook opgesloten, niet in een kast, maar in mijn eigen huis.

"Ze moet dood," zei Matteo toen hij thuiskwam. "Ze moet dood, ze moet hier weg." Ik had dit verwacht en had een plan voorbereid. Was er een andere manier om mijn kind te redden? Hoe anders kon ik Laura redden uit de handen van deze man. Ik fluisterde hem in het oor dat we een fictieve begrafenis moesten regelen. Niet naast de kerk. Veel te veel vragen van de pastoor en de gemeenteambtenaren. Nee, het moest op een andere manier.'

'En zo kwam je bij mij uit, is het niet?'

Giuseppe keek haar vragend aan. Haar gezicht was bleek. Haar ogen stonden leeg.

Ze beantwoordde zijn vraag niet, maar hervatte haar verhaal, alsof ze zijn vraag niet gehoord had.

'We hadden een kistje, en een kruis waarin Matteo Laura's naam graveerde. Hij had rond gefluisterd dat Laura zelfmoord gepleegd had. Omdat niemand Laura echt kende, geloofde men wat hij vertelde. Het was immers een vreemd meisje geweest? Een kind dat nooit gesproken had. Het verhaal was plausibel genoeg voor de mensen in Cortona.'

'Wat zat er in het kistje dat ik op de bodem van het graf zette, Mima? Ik bedoel, er zat iets in. Het was niet zwaar genoeg voor een kinderlichaam, maar te licht voor een lege kist.'

'Zand, er zat niets dan zand in. Matteo heeft dat die nacht voor de begrafenis uit de tuin geschept, in zakken gestopt en in de kist gelegd. Daarna heeft hij met veel te veel spijkers de kist dichtgetimmerd. Hij moet toch nog bang geweest zijn dat iemand in de kist wilde kijken, denk ik.

'Waarom keek je mij niet aan? Daar bij dat graf.'

'Is deze vraag retorisch, Giuseppe? Ken je het antwoord al niet? Kon ik iets anders doen dan naar de grond kijken? Moest ik mijzelf niet vreselijk schamen dat ik op die manier bijdroeg aan de levenslange opsluiting van mijn dochter? Wat kon ik anders doen dan naar beneden kijken? Ik kon jou niet onder ogen komen. Jouw ogen zouden door mij heen kijken, zouden begrijpen dat er iets aan de hand was. Dat was al zo toen ik nog in de winkel werkte en ik jou mijn fruit verkocht.'

'Dat begreep ik sowieso wel, Mima. Heb je overigens ooit van Matteo gehouden?'

'Gehouden... ik was denk ik verliefd op hem. Hij maakte mij het hof. Nog nooit had iemand mij het hof gemaakt. De enige mannen met wie ik regelmatig contact had, waren mijn vader en meneer pastoor als ik ter biecht ging. Wat wist ik van mannen? Alle waarschuwingen die mijn ouders mij gaven, sloeg ik in de wind, en alle stemmetjes in mijn hart maande ik tot stilte.'

Giuseppe hield stil en tuurde naar het dal in de verte.
'Zie je het meer daar? Daar in de verte ligt het te glinsteren in de zon.'
Mima keek langs zijn gestrekte arm en zag de grote zilveren plas in het dal.
'Ja, ik zie het meer. Ik ben er nooit zelf naartoe geweest, maar ik weet van zijn bestaan. Hoezo? Wat is er met dat meer?'
'Het Trasimeno-meer heeft een geschiedenis. De legende vertelt dat de halfgod Trasimeno naar het binnenland van Toscane ging om te jagen. Zo kwam hij ook bij het meer, en in het meer zag hij de waternimf Agilla. Zodra hij haar zag, verloor hij zijn hart en werd verliefd op haar. Hij werd zo vreselijk verliefd op de nimf dat hij in het water dook. Hij had slechts één wens: dicht bij haar te zijn. Hij vergat dat hij niet zwemmen kon. Trasimeno verdronk dan ook. Hij was dicht bij zijn geliefde, maar zou nooit gelukkig worden. De dood zou hen voor eeuwig scheiden. Het meer is naar hem vernoemd.'

Mima keek Giuseppe met vragende ogen aan.
'Waarom vertel je mij dit, Giuseppe? Wat heeft dit met mij te maken?'
'Eerlijk gezegd heb ik niet zo veel op met legendes, al zijn er soms wel aardige boodschappen in te herkennen,' antwoordde Giuseppe. 'Deze legende heeft raakvlakken met jouw situatie. In dit verhaal ben jij Trasimeno, en is Matteo de nimf. Je werd verliefd en wilde bij hem zijn. Altijd, en zo dicht mogelijk bij hem zijn. En hij liet je bij zich komen. Jij verdronk, vond bijna de dood en hij redde je niet.'
Even was het stil. Toen prevelde Mima: 'Nee, hij redde mij niet. Hij liet mij sterven...'

Gearmd liepen ze verder.
'Ben je al moe? Wil je even rusten?'

'Nee, ik ben niet moe. Laten we straks in jouw tuin wat rusten. Laten we nu verder lopen. Mijn verhaal is nog niet verteld.

We liepen na de begrafenis van mijn dochter naar huis. Toen we thuiskwamen, liepen we naar de keuken. Ik herinner me dat ik de wijn op tafel zette. Dat werd dagelijkse routine. Vanaf het moment dat ik wist dat ik een gevangene zou zijn van mijn man, en dat mijn dochter dood was in de ogen van een ieder die ik kende, kon ik niet meer verder. Ik had niet de moed een einde aan mijn leven te maken. Al had ik dat graag gedaan. Waarom zou ik verder willen leven? Wat had het allemaal nog voor zin? En waar was God? God die ik een leven lang had liefgehad. Waarvan ik wist dat hij bij mij woonde. Maar waar was hij nu?

Iets in mij vertelde dat ik verder moest leven. Als ik niet voor mezelf wilde leven, moest ik het voor mijn dochter doen. Immers: wat zou er met haar gebeuren als ik werkelijk uit haar leven verdween?

Ik kon het leven echter niet meer aan. Toen de fles wijn op tafel kwam, schonk Matteo ook mijn glas vol. Ik heb gedronken tot de fles leeg was. Een tweede fles maakte ik ook leeg. Nee, niet alleen. Samen met Matteo die het geweldig vond een drinkmaatje te hebben gevonden. Hij moedigde me aan veel te drinken. Misschien vond hij het geweldig een willoze vrouw te hebben. Want willoos was ik als ik dronken werd. Steeds vaker werd ik dronken. Drank was mijn drug. Mijn uitweg uit gevangenschap. Mijn deur uit de hel. Ik kon niet zonder, wilde ik overleven.

Hoelang ben ik nu bij jou, Giuseppe? Enkele weken al. Nog geen druppel heb ik aangeraakt, maar zie mijn handen eens trillen. Ik verlang naar een slok. Een goed glas. Een vol glas. Ik ben verslaafd geraakt aan de drank. Niet omdat ik van wijn hield. Maar omdat ik van mijn dochter hield. Wijn hield mij, en dus ook haar in leven. Begrijp je dat, Giuseppe? Kun jij dat begrijpen of veracht jij mij nu zoals ik mijzelf veracht.'

Mima's stem was steeds heftiger gaan klinken. Naarmate ze verder vertelde, namen haar emoties toe. Haar gezicht was vaalbleek geworden. Haar mond was nog slechts een smalle streep terwijl haar ogen radeloos naar Giuseppe keken.
De grijze man keerde zich tot de wanhopige vrouw die nu tegenover hem stond, en legde zijn beide handen om haar gezicht. Haar ogen bleven vragend op hem gericht.

'Nee Mima, ik veroordeel jou niet. Ik veroordeel jou niet zoals jij jezelf veroordeelt. Ik begrijp je. Helemaal zelfs. Ik vraag me af of ik zo sterk geweest zou zijn als jij bent geweest. Het is bekend dat vrouwen meer kunnen verdragen dan mannen. Meer pijn kunnen verdragen ook. Wie ben ik, Mima, om jou te veroordelen? Ben ik beter dan jij?'

Ze draaiden zich om en vervolgden hun weg. Mima stak uit eigen beweging haar arm door de zijne.

'Ik walgde van mijzelf. Vaak was ik dronken als ik naar mijn kind ging. Eerst lag ze beneden in de kast. Later, toen de kast te klein werd, heb ik een kamer voor haar op de zolder ingericht. Ik had er een bed in gezet, een tafel, een paar stoelen, en wilde het gezellig maken met mooie platen aan de muur. Toen Matteo zag waar ik mee bezig was, ontstak zijn woede opnieuw. Hij sloeg me en eiste dat ik alles uit haar kamer zou halen. Alleen het matras mocht blijven liggen. Maar dit was meer eigenbelang. Hij wist dat Laura ziek zou worden op de tochtige vloer.
Laura werd te zwaar om naar beneden getild te worden. Ze was krom gegroeid. Door de weinige beweging die ze kreeg, konden vitale spieren zich niet ontwikkelen. Ze liep steeds moeilijker. Een trap af lopen ging moeizaam. Twee trappen af lopen kon ze

niet. Uiteindelijk heb ik een emmer op haar kamer gezet. Als ik nuchter was, en dat was niet vaak, dan waste ik haar. Ik zag hoe mager ze werd en hoe vaal haar lichaam was. Nooit verwarmde de zon haar lijf. Soms bracht ik haar, als de nacht gevallen was, naar buiten, beschermd door het duister. Niemand mocht haar immers zien? Laura was altijd blij als ze mij nuchter zag.
Nuchter… zou zij weten wat dit woord inhield? Wist zij wat wijn was? Kon mijn dochter mijn stemmingswisselingen verklaren? Ik walgde van mijzelf. Ik zag aan mijn kind dat zij mijn zure adem rook als ik weer eens dronken bovenkwam. Ik merkte aan Laura dat ze dan bang voor mij was. Ze drukte zich soms helemaal in de hoek van haar matras. Verder weg van mij kon zij niet komen.'

Mima begon te huilen. Haar tranen stroomden over haar wangen terwijl zij zich van Giuseppe losmaakte.

'Hoor je wat ik zeg, Giuseppe? Verder weg van mij kon ze niet komen. Mijn kind haatte mij omdat zij zag wat ik haar aandeed. Wat moest ik doen? Hoe kon ik haar vertellen dat ook ik slachtoffer was? Ik was immers toch ook zelf verantwoordelijk voor datgene wat er met haar gebeurde? Een zwak, klein en doof kind. Doof, niet in staat te communiceren omdat ik haar alle mogelijkheden tot communicatie ontnam. Oh, ik wilde haar wel leren lezen, leren schrijven, leren liplezen, of spraakafzien zoals ze dit tegenwoordig noemen. Maar als ik langer dan een paar minuten boven was, hoorde ik hem alweer schreeuwen. Hij eiste mij bij hem beneden in de keuken waar we weer samen zouden drinken en roken. Mijn kind haat mij en ik begrijp haar zo goed. Ik zou mijn moeder ook haten als mij hetzelfde overkwam.'

Giuseppe hield zijn pas een moment in en keek Mima vragend aan.
'Ook als jij zou weten wat de werkelijke toedracht was, Mima? Zou jij je moeder dan nog haten?'

Het was stil op de landweg. Ze stonden inmiddels voor het geopende hek dat toegang tot de tuin verschafte.
Mima's handen hingen doelloos naast haar lichaam. Ze was uitgeput.

'Kom, nog een klein stukje, Mima. Nog een paar meter. Dan doen we wat we moeten doen. Daarna kunnen we rusten.'

Hij pakte haar hand vast en liep samen met haar naar het ornament van Gabriella. Hij bukte zich en pakte een steentje van de grond. Hij legde dit naast de andere steentjes op de witte plaat. Zijn hand bleef even op de plaat rusten.
Het grafje van Laura dat naast het ornament lag, was goed onderhouden. Een enkele inmiddels uitgebloeide plant op het graf wachtte het najaar af.
Opnieuw begon Mima te huilen. Zacht en zonder geluid huilde ze, kijkend naar het lege graf van haar dochter.
Giuseppe liet haar hand los en verdween achter het ornament om een moment later terug te komen met een schop en een hark.
Met de routineuze gebaren van een landman groef hij de uitgebloeide planten uit en gooide deze op de composthoop. Daarna effende hij het graf met de schop en harkte even later de kleine bulten egaal. Van een afstandje bekeek hij zijn werk. Niets wees er meer op dat hier een graf geweest was. Alleen het vale houten kruis stond er nog. Hij liep terug naar dat wat ooit een graf geweest was, en trok het kruis weg. Het vermolmde hout brak bij de grond af. Giuseppe was niet tevreden. Niets mocht over-

blijven van dit graf. Zelfs geen onzichtbare, verborgen dingen. Met zijn schop diepte hij de overblijfselen van het kruis op dat nog in de grond stak en liep hiermee naar Mima.

'Ik heb je hulp nu nodig, Mima. Kom.'
Hij pakte haar hand en liep met haar naar de composthoop in de hoek van de tuin. Daar gooide hij het houten kruis bij de andere overblijfselen van Laura's graf. Hij pakte een blik benzine dat ook achter het ornament had gestaan en besprenkelde de afvalberg met de brandstof.
Daarna gaf hij een doosje lucifers aan Mima.
Zwijgend stond hij naast haar. Wachtend op haar reactie.
Even maar twijfelde ze. Toen haalde zij een lucifer uit het doosje. Ontstak deze en wierp het brandende houtje op de berg.
Knisperend vatte het droge hout vlam. De uitgebloeide grafplantjes verschroeiden. Het vuur brandde hoog en fel.
Mima pakte Giuseppes hand.
Het doosje lucifers viel op de grond.
Meer dan een half uur keken ze toe hoe de kleiner wordende vlammen de laatste resten van dat wat eens een graf aanduidde, verteerden.

'Als ik zou weten wat de werkelijke toedracht zou zijn geweest, zou ik mijn moeder niet haten,' zei Mima plotseling terwijl zij Giuseppe in zijn ogen keek.
'Dan moeten we het haar proberen te vertellen, Mima. Overigens, ik heb deze week uitvoerig met de rechter gesproken die jouw zaak inzake kindermishandeling in behandeling heeft. Ik heb bij de rechter en de kinderbescherming namens jou als advocaat gesproken. Uren heb ik met hen gepraat. Ik heb jouw zaak uiteengezet, en heb voor je gepleit.
Ik heb de rechter niet van jouw onschuld willen overtuigen. Je bent immers niet onschuldig? Je treft blaam. Je deed dingen die

niet goed te praten zijn, Mima.'

'Mima's hoofd was gebogen. Ze tuurde naar het stof op haar schoenen. Haar schouders hingen slap naar voren. Haar ogen waren dof.

'Maar ondanks dat Mima, ondanks al die foute beslissingen die je nam en verkeerde dingen die je deed, ondanks dat alles, heb ik je vrij kunnen pleiten. Zowel de rechter alsook zij die opkomen voor de bescherming van kinderen vonden dat jouw straf al zwaar genoeg is geweest. En toen ik deze mensen vertelde dat ikzelf voor jou insta, en jou zal begeleiden, hebben de rechter en de mensen van de kinderbescherming toegezegd de zaak te zullen schikken. Je straf kwijt te schelden.'

Giuseppe pakte de schop en dekte het inmiddels gedoofde vuur af met een paar scheppen aarde waarna hij de schop en de hark teruglegde achter het ornament.

Zijn ogen zochten Mima, maar konden haar niet vinden.

Toen zag hij haar.

Ze zat onder de oudste olijfboom in zijn tuin. Haar rug leunde tegen de stam. Haar hoofd was gebogen. Tranen maakten donkere vlekken op haar jurk.

Giuseppe liep naar haar toe en ging naast haar zitten.

'Kom op mijn schoot liggen, Mima. Dat is zachter en prettiger dan die ruwe stam.'

Mima glimlachte even. 'Hoe kan in Godsnaam mij deze immense schuld vergeven zijn,' fluisterde ze. 'Ik heb een leven verwoest. Mijn kind jaren mishandeld.'

'Dat is waar Mima. Allemaal waar. Maar het was nog niet te laat. Laura zal genezen als jij laat zien wie je werkelijk bent. En verder: je hebt gelijk met wat je zei. Alleen in Godsnaam was het mogelijk je deze schuld te vergeven. Ontspan je nu. Ontspan en geniet van het feit dat je met een schone lei mag gaan

beginnen. Een nieuw leven. Schoon, blanco. Geniet van hen die je lief zijn, en probeer jezelf weer lief te hebben.
Terwijl haar hoofd op zijn schoot rustte, sloot zij haar ogen en ontspanden haar lichaam en geest zich.
De regelmatige ademhaling van Giuseppe maakte haar lodderig.
Zijn hand zocht die van haar.

'Ik ga je vertellen wat er echt is gebeurd, Laura. Wij gaan overnieuw beginnen. Een nieuwe dag. Een nieuw leven. Anders, beter,' mompelde ze.

Aan de andere kant van de oude boom sliepen Eelke en Laura.
Hun ogen waren gesloten.
Hun handen verstrengeld.

De Man en de wind

Bij de poort die de ingang van de ommuurde olijfgaard afsloot, wachtte een grote man.
Even was er een schittering te zien. Als van een zwaard dat het zonlicht weerspiegelde. Niemand zou de olijftuin kunnen betreden zonder zijn toestemming. De donkere gestalte stond er al jaren. Onzichtbaar voor het oog van mensen.
Toen de gestalte de Man ontwaarde, boog hij diep. Hij prevelde een paar woorden in een onverstaanbare taal.
De Man naderde de wachter tot op een halve meter. Hij legde zijn handen op diens brede schouders.
'Dank je, Rafaël. Je hebt goed werk gedaan. Jouw opdracht is vervuld. Ga nu maar. Jij bent ergens anders nodig.'
De donkere gestalte keek de Man aan.
'Dank u heer,' zei hij eenvoudig, waarna hij verdween.

De wind deed de bladeren van de oude olijfboom ritselen. Hij warrelde langzaam naar beneden. Over de droge aarde dartelde hij verder. Op het witte ornament lag een blad. Hij pakte het op en bewoog het even voort. Speelde ermee.
Toen bemerkte hij de Man die onder de olijfboom stond. De Man draaide zich om en keek naar het dorre blad op de witmarmeren plaat.

'Het is goed. Jij hebt goed werk gedaan. Wacht nog een klein moment. Ik heb je nog nodig. Straks kun je gaan,' zei hij.

Het blad lag nu roerloos op de plaat.
De stilte riep luid.

De Man keek naar de vier mensen die onder de boom sliepen.
'Laura,' riep hij zacht, 'Laura, ik ben het.'
Het meisje opende haar ogen en keek verdwaasd om zich heen.
Even moest zij zich oriënteren. Terwijl zij haar hoofd optilde, werd ook Eelke wakker.
Met grote ogen waarin verbazing weerspiegelde, keek Eelke naar het tafereel dat zich voor zijn ogen ontvouwde.

Laura stond op. Zonder haar stok liep ze op de Man af die met geopende armen op haar wachtte.
Toen zij hem dicht genoeg genaderd was, legde hij zijn armen om haar heen, en kuste haar voorhoofd.
Hij fluisterde woorden in haar oor.
Zij keek hem verrukt aan, terwijl haar vingers langs zijn wangen bewogen.
'Jij bent het? Jij bent het echt? Eindelijk zie ik je weer. Wat is het lang geleden dat wij elkaar spraken. De laatste keer…'
'Ik weet het. Ik weet het, Laura. Het lijkt veel te lang geleden, maar dat is slechts schijn. Ook toen jij mij niet zag, was ik er. Misschien op dat moment voor jou niet zichtbaar. Maar is het belangrijk dat jouw ogen alles zien? Is het belangrijk dat jouw handen altijd voelen?'
'Ik wil zo graag iets tastbaars,' antwoordde Laura.

'Ik woon nu bij Giuseppe en Eelke', vertelde Laura enthousiast.
'Er is zo veel gebeurd.'
'Ook dat weet ik. Sommige dingen wilde ik niet laten gebeuren, maar gebeurden toch. Ik kan alles doen wat ik wil, maar wil niet alles doen wat ik kan. Nog is mijn tijd niet gekomen. En tot die tijd krijgen mensen de tijd het goede te doen. Tijd om te kie-

zen tussen goed en kwaad. En er waren lessen te leren, Laura.'
'Ook voor mij?' vroeg het meisje.
'Ook voor jou,' antwoordde de Man.
'Wat was dan mijn les? Was het echt nodig een leven lang opgesloten te zijn? Wat is daar de les van? Ik begrijp het niet.'
'Je zult je eigen lessen moeten leren, Laura. Eens zul je alle antwoorden kennen. Nu zullen er nog raadselen zijn. Wacht nog een moment. Heb geduld en blijf in mijn buurt.'

Eelke stond op toen hij zag dat Laura sprak. Hij verstond ieder woord dat zij uitsprak, maar wist tegelijkertijd dat hij de taal nooit eerder gehoord had. Hij liep naar Laura en de Man toe, maar wilde het gesprek niet onderbreken of verstoren.
Over de schouder van het meisje keek de Man hem plotseling aan.
'Ik wil jou bedanken voor alles wat je deed voor Laura. Je deed het niet alleen voor haar, weet je', sprak de Man.
'Hoe bedoelt u? Wie bent u eigenlijk? Ik zie jullie praten, maar weet dat dit niet kan. Laura is doof en kan niet spreken.'
'Dat klopt. Laura is doof. Maar Laura en ik hebben samen iets bijzonders. Iets dat groter is dan taal. Iets dat ook groter is dan woorden. Iets dat zelfs groter is dan alle woorden van de wereld kunnen bevatten.'
'Maar wie bent u dan? Ik heb u niet eerder gezien.'

'Kijk in mijn ogen Eelke, dan weet je wie ik ben.'
Hun ogen ontmoetten elkaar en Eelke werd meegenomen in de blik van de Man.
Tientallen eeuwen zag hij voorbijtrekken. Tijd leek geen tijd te zijn. Een eeuwigheid passeerde zijn gedachten in luttele seconden. Gevoelens van grote blijdschap doorspoelden Eelke, terwijl een pijlloos diep verdriet in zijn hart steken achterliet. Toen deze steken verdwenen, voelde hij alleen nog warmte. Een al-

lesomvattende warmte die blijdschap in hem losmaakte.'
'Weet je nu wie ik ben? Ken je nu mijn naam?' hoorde Eelke hem zeggen.

'Ja, U Bent Die U Bent. Dat is uw naam.'
De Man keek naar de Eilander die voor hem stond.
'En jij? Wie ben jij? Heb jij het doel van jouw leven inmiddels boven water weten te toveren?'
Zijn ogen straalden toen hij Eelke aankeek. Pretlichtjes maakten dat Eelke zich op zijn gemak voelde.
Even keek Eelke naar Laura die voor hem stond. Hij legde zijn handen om haar heen, en drukte haar tegen zich aan.
'Ik denk het wel', antwoordde hij.
'Ze is nog jong, Eelke.'
Eelke lachte de Man toe.
'Ik zag het zojuist in uw ogen. Wat is tijd? Wat is een paar jaar? Ik kan wachten.'
De Man keek Eelke aan en lachte hem toe terwijl hij met zijn hand even zijn schouder beroerde.
'Je bent een snelle leerling.'

'Bent u al die jaren bij Laura geweest?'
'Mag ik misschien zelf antwoord geven op deze vraag?' onderbrak Laura het gesprek. 'Het gaat immers ook over mij.'
Laura draaide een kwartslag zodat een kleine cirkel van drie mensen ontstond.
'Al die jaren was jij bij me, is het niet?'
Haar ogen zochten die van de Man.

'Je was je leven lang dus opgesloten, maar eigenlijk was je niet alleen?' vroeg Eelke.
Eelke keek Laura vragend aan.

Laura keek naar de Man.
Haar ogen lachten. 'Dat is het antwoord, is het niet? Ik was opgesloten maar nooit alleen. Dat is het antwoord op mijn vraag. Dat is de les die ik moest leren,' zei ze hem.

Een raadselachtige glimlach lag op zijn lippen.
Hij hief zijn hoofd omhoog en opende zijn handen waarna hij deze omhoog reikte.
Laura keek naar zijn handen en volgde zijn voorbeeld.
De wind streelde hun handen.

Verrukt keek Laura naar de Man.
'Jij bent het', fluisterde ze.

De Man lachte haar toe.
'Ik Ben Die Ik Ben.'

Gisteravond

Epiloog

Het eten was heerlijk, net als gisteren en eergisteren.
De *torta al testa* smaakte zoals ik me voorstelde op het moment dat deze nog in de oven stond te garen. De wijn, die we overigens al jaren zelf persen, en waarvan de druivenranken tegen een van de heuvelflanken rondom de boerderij groeien, fonkelde in de glazen.

Ze had haar mooiste jurk aangetrokken. Net als gisteren en eergisteren.

Mio Dio, quanto amavo questa donna!
Mijn God, wat houd ik van deze vrouw!

Ik zeg dit niet als vloek, maar als gebed om aan te geven hoe oneindig groot mijn dank is voor deze vrouw.
Ze is zo mooi in haar kwetsbaarheid.

Terwijl ze het glas hief, keek ze mij aan. Haar ogen lachten en fonkelden intenser dan de wijn in haar glas.
Ze vertelde me dat ze van mij hield.
Zonder woorden. Haar lippen bewogen niet.
En ik begreep wat zij mij vertelde. Ik heb haar woorden niet nodig. Haar ogen zijn mij genoeg.
Even later brak ze het verse brood dat we in stilte aten.

Natuurlijk is niet heel ons leven stil.

Duizenden woorden rollen vaak uit haar handen. Zo snel, dat ik het tempo van de gebaren niet kan bijhouden in mijn hoofd. De snelheid waarmee zij spreekt, is minstens zo snel als de snelheid waarmee een horende Italiaan zijn woorden uitspreekt. Aan de heftigheid van haar gebaren en de mimiek van haar gezicht lees ik haar emoties. Zo veel emoties zijn er in mijn vrouw, in de woorden, de gebaren die zij spreekt.

Maar vaker hebben wij geen woorden nodig. Onze ogen vertellen genoeg.

Misschien krijgen we ooit kinderen. Als dit zo mag zijn, zullen wij hen tweetalig opvoeden. De taal van de lippen en de taal van de gebaren zullen zij spreken, opdat zij met iedereen kunnen praten.

Na het eten stond ze op.
Met een stok in haar ene hand, en wat vaatwerk in de andere liep ze naar de keuken. Ik zou haar kunnen helpen, maar weet dat zij dit niet wil.
Een kort moment kijk ik haar na.
Haar mooiste jurk omhulde haar fragiele lijf.
De avondzon trakteerde ons op een paar laatste stralen en deden haar haar gloeien.

God, wat houd ik van deze vrouw.
Altijd zal ik van haar blijven houden.

Haar leven was een hel voordat zij uit haar kamer werd bevrijd.
Hel, een woord dat ze niet eens kende.
We hebben echter samen een nieuwe morgen.
En overmorgen? Ik weet het, er zal nog meer komen. Iets waar-

voor wij beiden geen woorden zullen kunnen vinden.

Mima en Giuseppe wandelen door de tuin. Iets dat in vier jaar tijd een gewoonte voor hen geworden is. Samen praten ze de dag door en genieten van elkaars aanwezigheid.

Terwijl Laura even later weer naar buiten komt, hoor ik de wind fluisteren door de hoge cipressen. Kruidige geuren vertellen waar hij geweest is.
Wat later zit ze op mijn schoot. Haar stok valt op de grond terwijl zij haar armen om mijn hals legt.
Ti voglio bene, ti amo, vertellen haar ogen terwijl ze naar mij kijkt.

Vanuit de cipressen vindt de wind zijn weg naar beneden.
Bijna onhoorbaar fluistert de zwoele avondwind onze namen, en laat daarmee weten dat hij om ons geeft. Dat wij bij hem bestaan.
Als vanzelf gaan onze ineengestrengelde handen naar omhoog.
Wijzend naar de sterren die fonkelen aan het uitspansel.
Wij reiken naar de hemel, onze vingers gespreid. Vragend.

En de wind?
Hij beroert onze vingers, onze handen.
Streelt ons haar.
Laat ons weten dicht bij ons te zijn.
Net als gisteren en eergisteren.
Net als morgen en de dagen daarna.

Ik Ben.

Ik zal

Er zijn.

Waar je ook bent.

Hoe je ook bent.

Ik Ben

Met je

Altijd

Overal.

Nawoord, verantwoording en dank

Werkelijkheid en fantasie zijn in dit boek nauw verweven.
Het thema is niet fictief, maar op waarheid gebaseerd.
Begin 2006 werd veel van wat in dit boek beschreven is, door diverse nieuwsdiensten gepubliceerd.
Alle plaatsen en gebouwen die in dit boek beschreven zijn, zijn ook onderdeel van de werkelijkheid.
De personen die je in de verhalen tegenkomt, komen voort uit mijn fantasie.

In mijn boeken gebruik ik vaak beelden om iets te beschrijven. Ogen en woordeloos spreken spelen een belangrijke rol. Dit heeft niets te maken met zaken als telepathie of paranormaal begaafd zijn, maar alles met het feit dat ikzelf ernstig slechthorend ben. Zoals blinden hun gehoor beter ontwikkelen, zo ontwikkelen doven en slechthorenden hun gevoel beter. Daarnaast wordt het zien in beelden belangrijker.

Omwille van de leesbaarheid heb ik verwijzingen naar God met kleine letter geschreven, hoewel ik weet dat de Naam met hoofdletters geschreven moet worden.

Het schrijven van een boek is een project dat nooit door een persoon alleen kan worden gedaan.
Ook bij het schrijven van dit boek hebben veel mensen geholpen.

Lucas van Twillert: (lucasfotografie.nl) Dank voor je geweldige omslagfoto van Laura. Jij en ik weten het: zij is het. Laura van Zetten, ik wil je bedanken dat jij je gezicht wilde 'lenen' voor dit boek. Wim Geuchies, dank voor de schitterende foto's van Cortona en omgeving.
Minnikus de Groot, PR functionaris bij de Koninklijke Effatha Guyot Groep en Renske Zonneveld, adviseur van Oorakel dank ik voor hun gegevens met betrekking tot de scholen voor doven en slechthorenden in Nederland.
Elziene Spanjer wil ik bedanken voor het mij aanleren van een aantal gebaren uit de Nederlandse gebarentaal.
Martijn van Bokkem en zijn familie dank ik voor hun hulp bij enkele (Italiaanse) vertalingen.

Dank ook aan alle referenten die de tijd wilden nemen mijn manuscript kritisch door te lezen en te voorzien van commentaar. Een woord van dank in het bijzonder is zeker op zijn plaats voor Loïs ten Berge-Scheinhardt en Elvira van der Linden die de eindredactie van het ruwe manuscript voor hun rekening namen. Loïs schreef ook de achterflaptekst.

Petra, dank voor alles. Mijn vrouw die zo veel personen in zich heeft. Jij bent mijn leerling en mijn onderwijzer, mijn onderdaan en mijn gebieder; en steeds, mijn trouwe kameraad, scheepsmaat en frontmakker. Mijn maîtresse; maar tegelijkertijd alles ook wat elke mannelijke vriend van mij ooit voor mij betekend heeft. Misschien nog veel meer. (C.S. Lewis sprak deze woorden ooit over zijn vrouw.)

Tot slot wil ik graag afsluiten met de woorden waarmee ik ook mijn andere boeken afsloot; mijn grootste dank gaat uit naar Hem die mij zo veel geeft om van te genieten. Met wie wij soms zomaar mogen wandelen. Die zijn hand soms zomaar over die van ons legt en ons daarnaast een toekomst geeft waar wij tot nu toe alleen maar van kunnen dromen.

Dank voor het leven met u hier, maar meer nog straks!

Hoogland/Amersfoort, voorjaar 2007
www.remmeltmastebroek.nl

Van de volgende literatuur heb ik bij het schrijven van dit boek uitvoerig gebruik gemaakt:

Oliver Sacks, Stemmen zien, Meulenhoff 1989

Susan Schaller, De man zonder woorden, Areopagus 1991

Emmanuelle Laborit, Schreeuwen in de Stilte, Areopagus 1994

Buter, Emmerik, van Gelder, 101 vragen over doof zijn, Hendriks en Scheffener, 1990

Ruud Janssen, Het handalfabet van doven, A.W. Bruna&Zoon, 1986

Ruth Sidransky, Een wereld van Stilte, (In Silence-Growing Up Hearing in a Deaf World), De Kern 1990

Diverse dove en slechthorende schrijvers, The Deaf Way II Anthology, Gallaudet University Press Washington, D.C. 2002

Betekenis van de in dit boek gebruikte namen:

Giuseppe	:	JHWH voegt toe, geeft vermeerdering
Laura	:	Verstotene
Mimo (Mima)	:	Bitterheid
Eelke	:	Edele

In dit boek gebruikte teksten om over na te denken:

De wind waait waarheen hij wil; je hoort zijn geluid, maar je weet niet waar hij vandaan komt en waarheen hij gaat. (Joh. 3:8)

Hij vormde hem uit stof, uit aarde, en blies hem levensadem in zijn neus. (Gen. 2:7)

Uit de hemel klonk het geluid als van een hevige windvlaag die het hele huis vulde. (Hand. 2:2)

Op zijn bevel begon er een wind over de aarde te waaien. (Gen. 8:1)

Toen liet hij een wind opsteken. (Num. 11:31)

Wees niet bang, want ik ben met je, vrees niet, want ik ben je God. Ik zal je sterken, ik zal je helpen, jou steunen met mijn onoverwinnelijke rechterhand. (Jes. 41:10)

En hij zal antwoorden: 'Alles wat jullie voor een van deze onaanzienlijken doen, hebben jullie ook voor mij gedaan. (Mat. 25:45)

Wanneer het zal gebeuren, weet je het: Ik ben die ik ben. (Joh. 13:19, Ex. 3:14, Joh. 8:24)

Maar zelfs als je moet lijden omwille van de gerechtigheid, dan ben je toch gelukkig te prijzen. Wees daarom niet bang voor de mensen en laat je door niets in verwarring brengen. (1 Petr. 3:14)

Gelukkig wie nu huilt, want jij zult lachen. (Luc. 6:21)

Gelukkig zij die treuren, want zij zullen vertroost worden. (Matt. 5:4)

Gelukkig zij die zuiver van hart zijn, want zij zullen God zien. (Matt. 5:8)

God geeft eenzamen een thuis en gevangenen vrijheid en voorspoed. (Ps. 68:8)

(alle teksten uit de Nieuwe Bijbelvertaling)

ROME (ANP) - Een echtpaar uit een Italiaans stadje heeft hun gehandicapte dochter haar leven lang in een kamer opgesloten om haar voor de buitenwereld verborgen te houden. Zij deden dat omdat zij zich voor hun dochter schaamden.

De nu 20-jarige dochter moest in de piepkleine ruimte op een matras slapen, kreeg haar eten in een bak en werd eenmaal in de maand met koud water uit de tuinslang afgespoeld bij wijze van douche, meldden Italiaanse media woensdag.

Geplaatst: Do Jan 19, 2006 12:49 pm Onderwerp: Gehandicapte levenslang in kamer opgesloten

Andere boeken van dezelfde schrijver:

Elfenkind

Toen ik haar vond die dag, dertig jaar geleden, liggend in de natte smoezelige sneeuw, herkende ik in haar een mooie vrouw.
Ik vroeg haar hoe ze heette.
"Plentyn tylwyth-teg, dw i'n blentyn tylwyth-teg"
'Elfenkind, ik ben het elfenkind', antwoordde het meisje in het oude Keltische Welsh.
Haar roodblonde haar hing in natte slierten om haar gezicht.
Ze was blauw van de kou en zo mager, dat haar jukbeenderen door haar wangen leken te steken.
Haar kleren waren versleten. Haar schoenen stuk.
Maar door dat alles heen zag ik dat ze mooi was.
Ik keek haar aan en vond in de vreemd groene ogen iets wat ik herkende. Iets waarover ik me wilde ontfermen, iets fragiels, iets wat gebroken was.

Elfenkind is het ontroerende verhaal van Gwendelyn, een jonge vrouw die opgroeit in het oude Keltische Wales. Een land vol legenden en verhalen.
Ze is op zoek naar iets wat haar leven kan vullen. Naar iemand die haar van haar sombere karakter kan bevrijden.
Haar lange en moeizame reis leidt langs de vele religieuze plaatsen die haar land rijk is. Haar zoektocht lijkt tevergeefs, totdat ze iemand ontmoet die haar de ogen opent.

Een ontroerend verhaal met een diepe boodschap.

Andere boeken van dezelfde schrijver:

De Doler

Ik hoorde hem mijn naam noemen terwijl ik zijn lippen niet zag bewegen.
Hij stak zijn hand omhoog. In een flits zag ik hierin een groot litteken.
Het zweet gutste van mijn voorhoofd. Mijn toch al zo smerige shirt plakte op mijn rug. Ik was draaierig en duizelig. Met moeite deed ik een stap naar voren. Nogmaals keek ik op. Mijn ogen zochten zijn ogen. Hij stond stil, keek me aan en glimlachte vermoeid.

Toen draaide hij zich om en verdween in de massa.

Stichting Beter Boek

Een deel van de opbrengst van dit boek gaat naar Stichting Beter Boek.
Stichting Beter Boek (SBB) stelt zich onder andere het volgende ten doel:

De stichting, die geen winst nastreeft, heeft ten doel: het bevorderen van de verbreiding van Gods Woord door middel van het ontwikkelen van leesboeken, luisterboeken en lees-, luister- en beeldboeken met toegevoegde waarde, een en ander in de ruimste zin des woords. De toegevoegde waarde van genoemde boeken bestaat voor de stichting met name uit het op integere en liefdevolle wijze vertellen van de christelijke boodschap.
Gelden die niet gebruikt worden voor bovenstaande, kunnen worden gebruikt voor het supporten van andere (goede) doelen die dezelfde doelstelling uitdragen, nl. het bevorderen van de verspreiding van Gods Woord.

Stichting Beter Boek is geregistreerd bij de KvK Gooi- en Eemland onder nummer 32118913.
Girorekening: 5148576

Voor meer informatie m.b.t. deze stichting:
www.remmeltmastebroek.nl